菲華文協叢書／06

相印集

椰島隨筆（下卷）

李惠秀／著

民初珍史

張任民等——原著

蔡登山——主編

《總序》
菲華文協叢書

施穎洲

中國新文學運動始於一九一九年，菲華社會一九三八年始有成熟作品出現，一九四五年二戰結束，菲華文藝運動活躍，一九五○年菲華前導作家百人組成「菲律濱華僑文藝工作者聯合會」，簡稱「文聯」，領導菲華文藝運動，直至一九七二年菲政府宣佈軍統，方暫停止活動，領導菲華文藝運動計廿二年，以後同仁面壁苦修。

一九八二年菲軍管放鬆，「文聯」同仁，加上新人，於一九八二年組成「菲華文藝協會」，繼續領導菲華文藝運動，直至今日，已近三十年，中間「文協」同仁亦向世界華文文壇進展。

「文協」成立三十年來，對菲華文壇貢獻頗大，例如向《聯合日報》借二大版，每月刊出「菲華文藝」月刊，保持與各地華文名報副刊相同的高水準，並多次邀請名作家來菲主持文藝講座，造就許多優秀作家，各已有作品集問世。

今逢本會創立卅週年，回首來時路，特出版發行本叢書，以資紀念，是為序。

與愛同行（序）
——喜見芥子、惠秀，出版《相印集》

陳若莉

　　時光飛逝，前塵如煙，但是有些人與事總令人惦記。菲華文壇這對優秀夫婦的合集出版，應是多好的盼望。經過環境人事的變遷，要將作品搜集完整，原是艱難，所幸大家尋尋覓覓，大多還能回歸故里，沒被埋沒造成遺憾。好欣喜這本著作即將面世了，讓大家欣賞到他們才華橫溢，文筆精練的作品，聆聽到他們的情聲心語，感受其時代的呼吸。

　　芥子與外子本予堪稱莫逆，相識於四十年代，文藝是他們的同好，在一起憂國傷時，談文學論創作，甚至對愛情的憧憬。有時談興未盡，從中山街至芥子敦洛區的工作處，直至深夜方休。亦經常在報館旁邊的「大家園」，一碟花生，數杯汽水及啤酒，與眾文友談天說地，不亦樂乎！

　　芥子為人細密敏銳，本予則是不善言辭，不拘小節，寫詩的筆法格調亦大不相同，卻無礙倆人的聲應氣求。他待其如弟，愛顧有加，芥子見解獨到，往往在文章及其他方面，有撥雲見日之功。真可謂亦師亦友。

　　初識芥子與惠秀夫婦，已數十年了。那時我剛至菲國，雖不能說舉目無親，確真是無一友人。本予首先將他們的文章讓我賞讀，並介紹兩位與我相識來往，惠秀一頭烏亮直髮清新開朗，

芥子那雙透著睿智的眼神，都令我留下深刻的印象。生了大兒後，惠秀特別在當時名店阿謹那度（Aguinaldo）買了進口的嬰兒用品來探我，看著他那真摯動人的笑容，娓娓道出育嬰經驗，撫摸著那色彩嬌嫩和樣式可愛的小衣物，使我感受到無比的開懷與溫暖。

芥子的驟然離去，實在太匆匆。菲華文壇從此失去了一位有代表性的健筆，一位有風格的詩人，這般無常使惠秀與家人不甘心，友人不捨。而本予則有頓失知己之感，故人難再聚之痛。但他卻留下對家國的熱愛，對人世的深情，以文學的執著觀照出這一切地大受感悟，寫下了多篇耐讀的作品。

惠秀之作涉獵甚廣。早期帶著少女情懷的作品，充滿純真與感性，中期漸入閱世之境，加強了知性與美感的深廣度，令人目不暇給，後期則是重在文化與教育，言近意遠，溫柔敦厚。

她深愛藝術，筆下的音樂、演奏、戲劇、舞蹈等作品，皆有溫柔、優雅、力量與激動，常使人有身歷其境之感受。節錄其中的文句，令人低回不已的驚歎！

薩克士風名家（Kenny G）吹奏的「茉莉花變奏曲」，從他優美的旋律中高超的技巧下流瀉出了「江南水鄉的柔美，又似馬尼拉海灣拍岸的潮汐綻放的朵朵浪花」。似乎也無遠弗屆的散發出，陣陣令人陶醉的茉莉花幽香了。

在「跳躍的音符」中，這位天才指揮家郭美貞，揮動著如有魔力的指揮棒，如何將貝多芬的《命運交響曲》演奏出「那壯麗雄渾的樂音，與蒼勁磅礴的強力，聽來令人著實感動；亦將樂聖堅毅不撓的戰鬥意志，表現得淋漓盡致。」

「這位樂壇上的『女暴君』，嬌小玲瓏，但極有魄力；對追求藝術上的完美，鍥而不捨和敬業樂業的精神，促成她能在國際樂壇上獨樹一幟；她的成就絕非倖致。」

一位藝術家的成就，除了天賦與興趣，必須身心全力以赴，這種精神多麼令人尊敬。郭美貞將這首《命運交響曲》貝多芬從靈魂深處爆發出來的樂章，注釋得那麼激昂動人，震撼了無數聽眾。這就是為什麼「人生短、藝術長」之故。

現代藝術，往往用不同的方式與手法，來表達它們的觀念與反思，戲劇亦然。巴黎孟德爾劇團的默劇『幻變』，僅以肢體身軀的動作和面部的表情，傳達其思想與感情。這樣的演出，較不易獲得觀眾的共鳴。而惠秀中西兼得，藝術修養亦深，領會到「洋溢其中的無言之美」。「需要我們張開心靈之耳聆聽，開啟心靈的窗扉去體會」。真乃深得無聲勝有聲之真諦。

她訪問「林懷民愛的禮物——給『正中』學生的活」，是關於在菲國觀賞林懷民之雲門舞劇「新傳」的演出，除了受到那種鮮活有生命力的舞姿所撼動；及有詩意和形象美的享受外。而她最推崇的，應該是林懷民多年前所提出「中國人作曲，中國人編舞，中國人跳給中國人看」的理想。這種歷史的情懷，文化的薪傳，正是惠秀的冀望。如今雲門的舞劇早已跳上了國際舞臺，受到極大的讚譽。

惠秀少年與中年的前期作品，正是她風華正茂之時，與芥子鶼鰈情深，共用生命，文內充滿了美的感受，靈的互動，詩的情懷，真是賞心悅目。

後期她從精彩的世界中，投身更廣大的天地，專注于文化與

教育的傳承工作。有了文化的依據，更是淳厚綿長了。康得說：「教育可以比革命帶來更多的希望」。

惠秀為人師，深知教育是一切的根本。語言、文字、文化，相互密切的關係，語言不僅是「溝通的工具」，也蘊含了文化傳承的意義在內。而中國語文是中華文化的精華。

「說好國語是中國人民的驕傲；寫好中文文是中國人的權利；學好中國語文是中國人的義務！」因而孜孜不倦的主持「中正語言研習中心」多年，身教與言教並行。

讀書是惠秀重要的樂趣，亦願大家多讀好收。在她的「遨遊書的世界」裏：知悉其飽讀中外古今名家作品，從文學裏得到生命的滋潤，知道如何安身立命，找到生活的目標，充實於書的世界內。

她的文化觀不僅是傳承，且放眼於世界。

「中華文化搏大精深，可以源源採擷不盡；傳統是縱的，現代生活是橫的，我們能夠承襲過去的傳統，以現代生活為發展就會有新的藝術產生」。為了盡使優美的文化更具生命力，能融入生活。她提出教學方案、方法、形式等。……盡力來推展提高青年學子與成人學習的興趣。

惠秀深知文化是不分時空，跨越國界，有融合性、世界性，都是人類黃同的呼籲資產。誠懇「也唯有傳播文化，才是民族身外移民的目的和收穫」。因之變盡其所能，為國際文化交流的工作做些事。

時代會過去，人物會消失，而他們的作品永遠是年青的，尤以芥子的詩，不但使《年青的神》，成為他的永恆。還有

《獻》、《孤帆》、《亞加舍樹下》等數位著名的作曲家譜成樂曲，演唱不輟，並經畫家以其詩為圖。

芥子與惠秀，志趣相同，是伴侶、是知己。與愛同行，其樂無窮。這本《相印集》的書名，竟是如此貼切動人，反映出他們夫妻二人的生命如此美好。

惠秀的前期是人生豐富了她；以後則是他豐富了人生。

目 次

第一輯

散文／抒情

情感的珠璣

　　宇宙萬物中，人類得天獨厚，擁有最神秘奧妙的情感愛，來維繫感情，使生命活得更有意義。

　　愛在感情的舞臺上，主演著各項角色；更淨化這七情六欲的世界。愛出現在「道德的戲碼」裏，讓古今中外的聖賢豪傑、志士仁人和天生情種，粉墨登場，博得滿堂彩；為「人性光輝」的歷史留下不朽的見證。

　　只要睜開心靈的慧眼，隨時可以發現這一顆顆晶瑩美妙的情感的珠璣，閃爍在人性的光輝裏。

　　人性的光輝如明鏡，照亮自己的心靈，也反映出別人善良的天性。

　　有人說人類生活之泉源，始於愛流，必須流入感情的海洋去推動他人生命之舟；不然，它將倒流到只有愛自己的江河；不過，當你在以愛待人的時候，你也就是在愛著自己啊，不是嗎？

　　沐浴在愛裏固然幸福，但以愛滋潤別人乾涸的心田，又何嘗不值得高興？愛正像精煉的香水，當你散發予他人的時候，自己也會分享到它的芬芳。人就是在「愛」與「被愛」之中漫步於時間的長廊……。

　　你很久以前的一句慰問的話語，一張致候的小卡，一絲同情的微笑，一道溫柔的目光，一聲衷誠的讚美；還有那次在豪雨中為陌生人高張過一把傘；在泥濘中及時為路人伸出了有力的手……這些微不足道的體驗，有時竟為身受者上了一課愛的教育。

　　在愛的教育範疇內，任何人都可以為師，也可以為徒。

　　社會上一般愛的教育，不但要栽培身心健全的英才，對生理特殊的人更須兼顧。從最近在岷舉行的第五屆資賦優異兒童會議中，欣聞自由祖國臺灣目前的特殊教育，不但注重於發掘和培植天才，對於低能或殘障者的教育也在積極推展社會配合家庭，以愛心和信心，建立他們人生正確的目標，啟發他們的潛能，以發揮天賦的才智。

　　愛心培育了：唐堯、虞舜、孔子、孟子、曾子、緹縈、岳飛、文天祥、史可法、國父、蔣公、楊振寧、李政道、丁肇中、羅傑、愛迪生、南丁格爾和愛恩斯坦……同樣的，愛心更能啟發鄭豐喜、杏林子、海倫‧凱勒和貝多汶……使他（她）們熱愛生命，熱愛社會，朝向人生正確的目標，發揮天賦最大的潛能，成為身心健全者所仰慕的楷模！

　　世界上最崇高的愛，來自我們的造物者；而造物者最偉大的愛的禮物——就是兒童——我們愛的接棒人。

　　讓大家以愛心和信心灌溉民族的幼苗，使他們在充滿愛的環境中成長。如果良師如父母，同窗如手足；那麼，假如「教室像電影院或音樂廳」；「教科書像漫畫冊或剪貼簿」，這該是教育改革上的一種新境界。

　　愛是感情的昇華，是宇宙運行的原動力；愛更是一顆顆晶瑩美妙的情感的珠璣，點綴人類的生命，充實感情世界的寶藏。

載於「菲華文學」第一輯

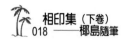
芥，你走得太快

芥，你走得太快！

你沒有帶走末世的虛名和浮華，留下給孩子和我無盡的愛。

你走得好快，快得令人措手不及……你向來不喜歡多麻煩別人，這一趟你無聲無息地離開；你不要我為你唱「陽關三疊」，你只悄悄地獨自上路。然而，我倆尚有多少要傾談的話還沒有說完；還有多長要相伴同行的路還未走完……。

你怎麼忍心在黃昏將來臨時就快步先走了?!

我倆要共同分享的回憶是那麼多，你怎麼忍心讓我自己來負荷?!

自你走後，濃郁的親情，溫暖的友情，源源的關愛，使我和孩子們在最哀痛的時刻得到無限的慰藉；我深信你在天之靈比我更清楚；且讓我們深深地感謝他們，祝福他們。

過去，熱心的朋友要為你出版自選集，你總是含笑著說成熟滿意的作品還未出現；而今，我們的文友和親人，還是要為你出版專集；只可惜你走得太快——還未把最得意的作品留下就上道了！

近年來，你雖然沒有再從事純文藝的寫作，但一直沒有辜負上天賦你的妙筆；你白天的黨務，夜間的報務……使你生活得繁忙而充實。

　　你常自嘲是天生的「勞碌命」，不慣坐享清福。在文藝工作的園地上，你只顧默默地耕耘了四十多年，從來不問收穫。

　　你平素自甘澹泊，一直保持著自尊和正直的襟懷。在別人心目中，你也許是個不拘言笑，趨於保守，比較內向的人；但在家裡，你的幽默開朗，妙語如珠，常常使飯廳洋溢著歡悅和笑聲。

　　有人說愛是不必說再見；你沒有揮手道別，因為這不是永訣。我和孩子們都一直覺得在精神上你是和我們長相左右。我夜夜在夢中期待你的歸來：願你夜夜來入夢，至少可以長駐在我思念你的潛意識世界中。

　　在你的世界裡，你不再有無奈的鄉愁；也沒有隔代的煩憂。而今，那「禾山蒼蒼，鷺水泱泱，這兒時樂之場，那濱海魚水之鄉……」，不再是只能勾回你當時的旅人幽夢，而今，你將翱翔在那蒼茫的雲頭，這回的「尋夢」，你將不會迷失來路！

　　你知道在人生的旅途上，從事文藝的道路是艱苦、漫長而寂寞的。你會經對欽羨你的友人說過：「且別為我慶賀這末世的虛名，漫漫長夜有人陪我受苦。」在漫漫的長夜，我真甘心情願陪你「受苦」；然而和你長相斯守三十多年，這段只有充滿著愛與被愛，刻骨銘心，無風無雨的美好歲月，就足夠我回味咀嚼終生。

　　你是我心靈深處的長春樹──萬年青──為我永遠留住美好的春天。

原載環球日報「文藝沙龍」（一九八七年八月）

給臺北文友合唱團各位文友

我好羨慕你們——你們有婉囀的歌喉，也有生花的妙筆；有真摯的友誼，更有堅強團隊精神，請接受我的期望。

我希望各位能訂下永久的「合同」——具有雙重意義的「合同」，在彼此之間，訂下「以文會友，以歌會友」的協定之外，還要一起擁有「合」與「同」的體認。

我深知你們能快樂融洽地一起「合」唱，但希望各位多多「同」心協力，還用揮灑自如的健筆，寫出真、善、美的歌詞，共「同」唱出，共「同」欣賞，共「同」鼓勵，落實以文會友，以樂會文的意願，「合」唱共「同」享有的真、善、美的人生之歌。

我也希望我們海內外的文友們，尤其是婦女文友們，也訂下「合同」，手牽著手，心連著心，結「合」在一起，發揮最大的潛力，並且共「同」唱出友誼萬歲的心聲。

好高興你們曾經說過，到這裡來，就像回到家一樣；我也有同感：見了你們，就如見了親人似的。你們的鄉音，你們的歌聲，你們的熱情⋯⋯帶給我們不平凡的同胞愛。

前夜，在「希爾頓」的歡迎音樂餐會裡，悠揚的琴韻起處，飄來陣陣純美輕柔如夢的歌聲，薰人欲醉；聽著、想著，我的思緒也隨著你們勾起了「心中美麗的幻想」⋯⋯直至熱烈的掌聲一

再響起，我才驚覺到不久即將是期待再見的時刻。於是，對今晚「千里共嬋娟」的演唱會就更加的期待著……。

　　好朋友，你們真可愛！我真羨慕你們，五年來，你們快快樂樂地，以和諧美妙的歌聲，高唱出人生悠悠的悲歡歲月；音樂之神，對你們又特別仁慈寵愛，你們臉上常帶的笑容，令你們的青春常駐，而朗朗的笑語，也處處流露著赤子之心，在這充滿陽光的合唱天地裡，你們啟示我們「愛的真諦」。

載於菲環球日報「文藝沙龍」副刊

巴石河日日夜夜

　　巴石河——東方不夜城的動脈——日夜在流動著，讓白晝在她的耳邊喘息，讓黑夜在她的耳邊歎氣。

　　巴石河，和岷城共甘苦的巴石河，在古老的年代裏，清澈瑩潔，使人留戀。歷經變亂後，河水曾幾度變成腥紅。到如今，多少的冤魂浸沉在河裏，多少的忠心遊離在河畔！

　　日日夜夜，巴石河目睹著河畔的離合，也目睹著河上的悲歌。她有時沈默，有時歎息，有時發愁，有時也暴怒。

　　河畔的老樹不斷地開花又落葉，落葉又開花；載負著世代悲哀的巴石河該是衰老了。可是，她還能憶起她那退了色的夢，那夢也似的錦繡年華。是的，至少她不會忘華僑在河畔慘澹經營和艱苦奮鬥的日子——那些日子裏，她正開始做著金色的美夢。她也該會記得西班牙人統治的時代，菲律賓民族獨立運動的萌芽。可惱的是，即使河水倒流，也換不回RIZAL與BONIFACIO時代那段輝煌的日子！是的，人們會從古老的傳說中熟稔那段光華燦爛的日子。巴石河，她更會記得那連串難於遺忘的歲月。那些，那些，早已隨著逝水東流了！也只有歷史的悲慘故事，永遠在巴石河畔一幕一幕地重演又重演。

　　記得麼，岷城光復之後，戰爭的痕跡到處遺留在巴石河沿？那一堆堆劫後餘燼，佈滿在巴石河畔；那一個個遭難的屍骸，浮

滿在巴石河面；一座座的高樓廣廈，倒頹了；一間間的茅屋草舍，燒毀了；一條條的大街小巷，破壞了！巴石河的河水混濁了；巴石河河畔的泥土乾枯了……。

可是，時間可以醫治歷史的創痕。

日日夜夜，華僑又在巴石河的兩岸胼手胝足，慘澹經營了。誰願意讓祖先遺留下的基業在自己的手上毀滅？誰不願意替下一代的子孫重新開疆闢土？巴石河，巴石河跟華僑發生不能分解的情誼了；是友誼，又是血緣。

血汗是不白流的。血汗滋潤了泥土，血汗澄清了河水；我們華僑要從廢墟中建築自己的家園，也要把血汗滲進巴石河，把戰爭的血腥沖洗乾淨。於是，一座座的高樓大廈豎立了起來；一個個在泥土中摔了一跤的人又站立起來了；金融似河水一般地流動不息，人們又回復到戰前的生活中……。

巴石河復活了！巴石河從戰神的手中討回青春。

客船、遊艇、汽船、帆船、獨木舟……日日夜夜，不時在河上蠢動著，劃破河面的平靜，驚破河心的好夢。

人們每日每夜拖著緊張或輕鬆的步伐，耐心地經過巴石河畔，跨過那些鋼骨水泥的拱橋，從此岸走到彼岸，再從彼岸回到此岸；流著苦汗，絞著腦汁，為生計而奔波忙碌。巴石河禁不住為人們的追逐名利而歎息。

日日夜夜，有不少的悲劇或喜劇發生在河畔；更有多少的罪惡發生在河畔，在河中！人們的歲月，早就隨著河水逝去了。生活的利刃無情地刻劃著謀生者的肌膚，沒有寬容，更沒有撫卹！巴石河，她這時候反而永遠年輕。

　　清晨：鐘聲、車聲、汽笛聲、叫賣聲、呼喚聲……在河畔飄蕩著，湊成了一闋複雜富麗的交響樂，劃破了河心的寧靜。

　　中午：當你看到車馬行人在你的前後左右來往著，而熱風夾著灰塵，不斷地飛撲到你的臉上的時候，你不禁厭惡起鬧市的煩燥來了。有時候，你從河畔低首望望河水，想從那張被陽光照得發亮的水面上，找尋浮萍的影子，你不禁會驀地裏意興蕭條。你是失望了，你看到一堆堆廢物，被墨綠色的河水拖帶著遊往下流去……那時候，就使你是天生情種亦不會想起「紅葉題詩」的故事吧？說不定你會想起報紙上的無頭公案——河上悲劇；那你不僅頓時毛髮悚然，也許會興起出世之念。

　　有時候，你匆忙地經過河畔，無意中，你看見朦朧的雲影、樹影、屋影、車影、人影……沐浴在河水中，隨著不安的河水蕩漾著，成了一張寫生畫的倒影。可是，那時候你又是沒有閒情去欣賞它了。它僅是一幅水中的幻影。

　　忽然間，雨來了：一滴滴，一絲絲，掉在河裏，那些是水？

　　看不清，也分不清。河面上，河岸上，這時候就只有飄動著涼意，鬧市的熱風已暫時離去。即使河水更加混濁了一些亦無妨，人們的心境已得片刻開朗。不過還會有人想到河畔的木屋竹舍麼？大雨之後，不知有多少個住在陋屋裏的人不得安眠了啊！

　　你如果還有閒情的話，你或許會幻想：乘一葉扁舟，在微雨之中蕩漾在巴石河上，看河畔的野草向河水招手，聽雨點和河水耳語，或者細看墨綠色的河水上的浮蓮，飄過你的舟邊，隨波逐水東流而去。再不然，你可以哼哼「採蓮謠」的曲子，或唱唱

「我住長江頭」這一類的抒情歌。不過，這種輕逸的享受，該是鬧市中所難得到的吧。

雨停了，你又可以看到碼頭上的苦力又搬運著商品，從碼頭到船上，從船上到碼頭。你知道：他們是沒有止息的，——直至月上樹梢的時候，苦汗夾在他們的背上，苦汗滴在甲板上，滴在地上，滴在河心。他們的代價是甚麼？他們只求妻孥和自身的溫飽啊！看他們在工作的時候，也只有河水可以聽到他們的噓欷；只有河面上的微風可以給他們帶來一絲快意和希望。

日日夜夜，巴石河目睹著河上的離合，也目睹著河上的悲歡；她有時沈默，有時歎息，有時發愁，有時發怒……誰關懷她——苦難中的巴石河呢？

他——異鄉的遊子——日夜經過巴石河的遊客，他生命中曾有朝陽，可是沒有麗日；暮靄的早臨，使他渴望著新月；這過後他希望晨曦重來。於是，於是他夜夜徘徊在巴石河畔，編織他自己的夢。巴石河為他帶來黃金的美夢，也帶走了他寶貴的青春。

夕陽和晚霞替巴石河抹上胭脂，月亮是她襟上璀璨的胸針，星星和漁火是她鬢際的耳環。巴石河，她在他的目光中，永遠顯得豔麗，年輕！……。

月光閃爍在巴石河上，粼粼的波光，蕩起了遊子的鄉愁。他想到身居異域的淒涼。往日的幻夢，如海上的薄霧，飄逝在太空。他的苦淚滴在河裏，混著河水；流啊，流向海洋，流到祖國的江河裏。讓精神隨著河水流到故鄉的邊沿吧，讓軀幹逗留在這個沒有情誼的異邦。河畔的他，慣於長夜待曉風的夜行者，漫步在巴石河沿，獨自沉思、冥想。俯視那橫在腳下的巴

石河，沉睡在月神的懷抱裏；他禁不住緬想起故國名豔水香的
秦淮河之夜了。

巴石河上雖然沒有「珠簾畫舫」，可是，河畔卻有「天半笙
歌」。爵士音樂從河邊的酒巴間和跳舞廳裏洋溢出來。那瘋狂的
旋律隨著晚風，飄浮在波光粼粼的河面，再浮上夜行者的心頭，
教他更沉醉，還是教他更清醒？

夜行者悄悄地漫步在河沿。他可能看到河畔有疏疏的人影，
三五成群地在河上納涼，或許是在欣賞河中的夜景。

夜風飄過他的面頰，也為他帶來了隱約的笑聲與歡息。他不
再寂寞了，他不會再感覺生命的疲倦。

說不定他又可以看到那個龍鍾的老人，慢慢地躑躅在巴石河
沿。神秘的老人（他也許是一個沙場宿將或落馬英雄），大概是
憑弔他那段遠逝的得意的日子吧。見了他，夜行者便要一再咀嚼
自己回憶的果實了。

可能他又一次遇到那個街頭賣唱的盲者。孤獨的，盲者彈著
沙啞的音調的吉他，低低地訴說著人生的悲歡離合，歎惜著世事
的變幻無盡。同情爬上了夜行者的心頭，他的施捨，又換得幾聲
祝福。

祝福，他該是多麼希望有人為他祝福嘞！可是，真正為他
祝福的人，卻在遠方。他們曾經在巴石河畔消磨過多多少少的
月明之夜。他們曾經在巴石河上蕩過扁舟，低訴過理想，計畫
過前程，更歌頌過友誼的永恆。可是，現在，巴石河的河水早
已帶著祝福他的人去了。只有古城，晚風和孤月伴著他伶仃的
影子。

　　月色朦朧，是詩之夜麼？巴石河又不知有沒有新添幾個孤魂？巴石河──東方不夜城的動脈──日夜在流動著，讓白晝在她的耳邊喘息，讓黑夜在她的耳邊歎氣。

　　　　　　載於「茉莉花串」文集（菲華女作家卷）1988年

月光組曲

如夢的慢板

誰說科學沒有人情味呢？

為了讓人類享受光和熱，太陽慷慨地把光源送給地球，

地球又毫無條件地把它轉贈給月亮。

多情美麗的明月，裝飾了天空，又照亮了大地，讓長河似的月光，流過人類歷史浩瀚的海洋，融入秘奧的時空裏。

早在宇宙洪荒的年代，月亮就為穹蒼點上明燈，領著星群，在黑夜裏給先民喜悅的光茫，又帶動著文明的巨輪，依著地球的軌跡輾轉循環，自強不息。

月光美化了宇宙萬物，月光為夜神披上朦朧的輕紗，有時也掩飾了人間百態的真相。

月光像一道靈河，滋潤了藝術家的心田，充實了文學家的靈泉，它靜靜地流，讓印象派大師杜佈西（Claude Debussy）那支「Clair de Lune」中柔美的旋律輕拍著玲瓏的翅膀在河面滑翔，它又悄悄地流瀉在貝多芬（Ludwig vanBeethoven）的琴鍵上，於是「Moonlight Sonata」曼妙的音符隨即在樂聖的指間射放出爛燦的光芒。

　　藝術奇才梵高（Van Gogh）在星辰寂寥時，最愛浴著月光作畫；詩佛王維也喜歡隱在灑滿月光的松林間撫琴靜坐，捕捉飛躍的靈感。

　　月光河，澄清得如陳年佳釀，卻濃郁得醉人。豪飲滿觸月光，醉了李白，更醉了蘇軾：詩仙酒後邀月共舞，連舞步也凌亂了；東坡居士濃濃的酒意，竟醺得他和自畫的《丹竹》相映成趣，傳為美談。

　　岳武侯「八千里路雲和月，莫等閒白了少年頭」的雄渾；張先「雲破月來花弄影」的婉約；王安石「月移花影上欄杆」的飄逸；杜工部「星隨平野闊，月湧大江流」的豪邁，都是為了有月光的投影而倍加生色。

　　宋朝的林逋該是很欣賞月影的詩人。他的：「疏影橫斜水清淺，暗香浮動月黃昏。」已委婉地把梅花的幽香在黃昏的月影下飄散得夠人陶醉，而這如珠的妙句更是含蓄得逗人遐思。

　　是的，月光像一道不竭的靈河，緩緩地流，有心人一伸手，就可以掬把月光，烹調滿席精神的豐宴。

如歌的行板

　　世紀的風雲變幻，陰霾瀰漫，明月的清光有時也不知何去何從：月光照在沙國的油田上，石油驕傲地射出萬道金輝，連《天方夜譚》裏的珠寶也暗然失色。

　　月光照在干戈未定的西貝魯特戰場上，竟也會迷失了方向……。

月光照在福島的海洋上，「飛魚」飛彈的暴吼聲，鬧得她不敢久留。

月光照在東方那張被蠶蝕了的秋海棠葉上：秦淮河畔再也聽不到笙歌；頤和園中的畫舫早已蒙塵；玄武湖中沒有泛舟；紫禁城內的夜市早已蕭條了，而盧溝橋上的獅子還醒著，浩瀚的長江與黃河，憤怒得一直在輾轉翻身！

月光照過枕戈待旦和「毋忘在莒」的媽祖金門，又悄悄地照著東方美麗的綠島，基隆港上的燈火如繁星般閃爍，故宮博物院的琉璃瓦正發射出中華文化的光輝，寧靜深幽的日月潭和澄清湖，波光跳躍水面，月影倒映水裏，正是宋代名臣志士范仲淹所嚮往的一番怡人景致……。

「月光光，照池塘……」好懷念這稚齡時在月光下偎依在慈母懷裏，聽她輕搖入夢時的兒歌啊！然而，這一串串親切的音符和甜蜜的歌聲，只有回到童年的夢裏追尋了……。

醒來時，已見月兒靜靜的照在波光粼粼的巴石河上。

巴石河，和岷城共甘苦的巴石河，已經漸漸地衰老了。

都市文明的污染，連浮萍也幾乎完全消失了蹤影，只有這多情的月光還默默地留戀著那曾經點綴過河面的浮蓮。

巴石河上的月兒不會特別圓，巴石河上的月光也沒有特別亮，然而巴石河上的月光卻特別教人感到親切：她照過我們祖先飄洋過海的舢板船，也照過揚威海上的林亞鳳的戰袍，更照過我們華僑胝手胼足建築起來的中國城……。

夜未央，月兒不再徘徊在杜威大道上，來聆聽馬尼拉海灣的波濤雄偉的演奏，她還要趕到蒼老的王城裏，欣賞山耶戈堡的露

天劇場正在上演的——這年輕的馬來亞民族的悲喜劇。

如舞的快板

　　我們中華民族是最富於幻想的民族，也是最愛月和最早與明月有心靈交通的民族：音樂皇帝唐明皇早在西元前七世紀就已經奏著「霓裳羽衣曲」夢遊月宮，大文豪蘇東坡在九百多年前就對明月興起他那「欲乘風歸去，又恐瓊樓玉宇高處不勝寒」的綺思。只可惜這些幻夢未成真的時候，就被搖著星條旗的太空人阿姆斯壯捷足先登，跨下歷史的大步，創下科學上有史以來的壯舉。

　　月兒著實是可愛的，充滿幻想的阿姆斯壯，自幼就愛上了月亮，嚮往那傳說中的神秘世界，夢想想有一夜能飛入月宮，探望我國第一位太空美女嫦娥，又要和太空樵夫吳剛伯伯握手……。那年，他駕著太空船，沿著月光河，溯源而上，登陸月球，雖然沒有得到嫦娥仙子的招待，也沒有遇到吳剛伯伯，更沒有機會和刁皮的玉兔賽跑，但是他畢竟在月球的「寧靜海」上留下了淺淺的腳印，為全人類跨了一大步。而最使我們黃帝的子孫感奮的，就是為我們最景仰的——中華民國的元首——蔣公留下：「人類首次登月紀念」的手澤。

　　浩渺無垠的太空，「至大無外」；龍的傳人，不能再樂以忘憂，要更奮發圖強，迎頭趕上，以萬千的豪情，撥雲踏月，早日開拓自動化的太空殖民地，建立人類真實的世外桃源。

　　月光是一道歷史的長流，流過宇宙的時空，從古到現在，穿越到無限的未來。

但願四海同心，神州早日太平，好讓明月的清輝普照滾滾的黃河和滔滔的長江，照著數不盡的溪流，融彙成為主流，恢復從亙古直到永遠的波瀾壯觀。

載於「茉莉花串」文集（菲華女作家卷）1988年

第二輯

散文／論說

馬尼拉街頭所見

　　當晝夜守衛、饑渴交迫的士兵們按槍向著人潮的時候，人群中的男男女女，卻陸陸續續地冒著生命的危險，克服恐懼，湧向前去和他們分享自己的麵包和汽水；有的女孩子還向他們拋擲毛巾和鮮花……。就是這種種溫暖的國家愛，堵住了大炮和機關槍。再加上從各處的播音機源源傳來……

　　「……不管我們所屬甚麼政黨，我們都是菲人，都是兄弟姐妹；我們要以愛心，聯合起來，共同保證菲國的和平、穩定和福利！」於是，仇和恨都漸漸地消滅了蹤影。

　　民眾的力量猛如洪水，但水可載舟，亦可覆舟；「自由」與「放縱」也只不過是一線之隔。幸而命運之神對菲國特別恩寵；是「愛」的力量，使這一幕菲律賓史無前例的巨變，終於沒有釀成類似法國大革命時代的暴民政治。有人說，也是「愛」的力量，使馬可仕總統明智引退，寧願悄然飛離馬拉坎南宮，以免千萬的生靈塗炭。

　　在非常時期中，有一點足以讓旅菲僑胞們欣慰的是全體華僑華裔，都能保持鎮定，守望相助，共渡難關，未遭池魚之殃，可謂萬幸；況且在菲大選期間，兩位候選人都競相爭取華裔選票，保證華僑華裔的福利……由此可見華人對菲政治影響力之一斑。

載於台灣「聯合報」1986年

愛的世界

　　人類常自詡為最有情感的萬物之靈，而愛是最神秘奧妙的情感；愛心的包容、忍耐、仁慈和智慧……可以征服萬物；愛心有時像萬能的魔術鑰匙，可以啟開各道密閉的心門；只要心中有愛，美好的世界就無所不在。

　　人與人之間的交往相知，愛心就是最好最直接的精神橋樑。所謂「愛人者，人恒愛之」；我們要先學會去愛別人，才有資格擁有別人的愛。不要問別人怎樣愛我，要先問自己如何去愛別人……能以愛滋潤別人乾涸的心田，是很高興和欣慰；但能沐浴在愛裏是幸福和溫馨的。

　　發自內心的愛，最令人感動。最純潔而真摯的，莫如嚴父慈母的愛，是出自天性的愛；雙親一生任勞任怨，喜歡做，樂意受；不求回報，千辛萬苦，陪著兒女成長。及至兒女有所成就時發出的光和熱，雙親往往是最強烈的能源。試問為人兒女輩該如何知恩，感恩及報恩於萬一？

　　可惜現今社會，由於科學昌明，世風日下，人類過於追求物欲的享受；精神文明深受忽略，影響人際關係疏離，親情淡薄；晚輩對長輩的敬愛和孝順，亦遠不如昔。

　　菲國政府，也有鑒及此，近年除了慶祝歷年的國際「母親節」和「父親節」之外，特定每年的九月十一日為「GRAND

PARENT'S DAY──祖父母節」，以表揚內外祖父母在家庭中的貢獻與崇高的地位，喚醒國人愛老敬老意識，和促進親密的人際關係，濃化親情。

我們菲華社會還是個很有情的社會，各大小團體，歷年舉辦慶祝教師節、中秋節和重陽敬老聯歡等聚會，都是滿有愛心的積極團體活動。期盼我們僑胞和華裔，能將我們中華文化這種傳統美德，永遠代代相傳，發揚光大。當然，除此之外，最重要的，希望我們華校還能栽培出深具中華文化優良氣質的菲國公民和龍的傳人；並融入菲國的主流社會，成為「愛己、愛家、愛國」的，振興華社和發展菲國的重鎮……。

談到「愛己」，就會想到我國儒家：「修身、齊家、治國、平天下」的大道理。而「修身」即是基本的處世之道。說起來最重要的就是要愛護自己──要自愛，要淨化自己的心靈，不使心靈受到污染；這也是證嚴上人在「靜思語錄」所開示的：

「口說好話，心想好意，身行好事」；也就是要回應星雲大師提倡的「三好」運動。

臺灣最近部份小學正推行「說好話的品格教育運動，師生們將心中的話掛在「希望樹」上。人人說好話，帶動社會風氣，改善，淨化人心，找回臺灣日漸失落的人本精神。人人說好話，讓好話傳出去，重建社會善良能量」。這消息真是值得重視的公民道德教育措施。

回顧我們華社的教育制度，自從菲化以來，公民道德課程缺如；重教不重管。一般學生的行為規範，無所適從，導致社會的人文精神日見低落……。這是中、菲公民教育的隱擾！如能從

中，引導學生，人人多存愛心善念，說好話，做好事，互相關懷鼓勵；相信假以時日，必能建立華社為仁愛與更有希望的祥和幸福社會。

近年世界各國都注意到道德重整運動的問題。有的地區為此已推行中華文化經典教育。

一場很大規模的「第二屆中華經典誦讀觀摩大賽」，最近在北京舉行，讓全球的菁英共同切磋讀經心得。

據說這次繼香港成功主辦了第一屆而舉行的「觀摩大賽」，不僅將臺灣讀經教育的成果，推上國際舞臺，更是全世界中華文化讀經教育的一大成就；可惜我們菲華社會沒有參加。

此次深具道德教育意義的大賽，其經典內容大部份是兒童啟蒙和進學的經典如千字文、三字經、弟子規、朱子治家格言、論語和唐詩等中華文化傳統的珍貴寶藏；都是孝、悌、忠、信、禮、義、廉、恥等待人接物和立身處世的基本行為規範。

希望透過這些朗朗上口，易讀易記的經典誦讀，能夠給我們的炎黃子孫分享到，中華文化經典精髓的豐宴，播下道德生活的種子，將來栽培成大樹；潛移默化，淨化和美化人心，提升生活品質，尋求生活的樂趣，享受美好的人生。

其實，閱讀優良讀物，可以增進智慧，充實內涵；亦是淨化心靈的捷徑。臺灣財團法人人間文教基金會，人間佛教讀書會，主辦的「二〇〇五年全民閱讀博覽會」，已於七月在高雄佛光寺舉行。其中有透過各類型讀書會分組討論實際練習方式，加以落實讀書會的運用，鼓勵民眾一齊讀好書，將「生活書香化」理念推至全球。

　　菲律賓馬尼拉佛光山住持永昭法師，多年來亦鼓勵全菲各地區組織「讀書會」，來落實原定四大目標：「讀做一個人、讀明一點理，讀悟一點緣，讀懂一顆心」；將「生活書香花」理念推至全菲……在菲華社會的文藝團體中，亞洲華文作家協會菲分會不定期的「好書研讀」和菲律賓華文作家協會每月的「好文欣賞會」，都是積極散發書香的罕有文藝活動。很希望文化界和教育界的熱心人士，多盡心力推動閱讀風氣，淨化人心。專欄作家孟樺也認為「閱讀除了能拓展知識和觀念，還能幫助我們滌淨心靈」。也就是說，閱讀好書，可以使我們成為好人，真是所謂：「好讀書，讀好書，讀書好。」值得我們深思。

　　多年來天災人禍，日見遍佈全球，專家都認為是人類千百年來恣意開發，無限的利用天然資源的結果，才導致環境惡化愈來愈厲害：高溫、大雨、洪水、颱風、海嘯、地震……不斷侵襲到人們的居處；這是大自然反撲，向人們討回公道的例證。

　　人類應覺醒要和大自然和平相處；宗教家和教育家們都呼籲，人類要以「愛」與「尊重」，去關懷萬事萬物；共同營造和諧幸福的「地球村」。

　　提倡環保人士，都認識到我們人類決不能以犧牲生存環境為代價，去開展科技和經濟。保護自然環境，就是保護人類自己。人和自然的和諧已是當前最主要的生活課題。

　　環保作家陳桂棣在「淮河的啟示」一文中指出，嚴重的水污染，使得淮河兩岸居民生活在「水深火熱」之中；反觀本國，這也是巴石河污染慘重的對照……人們對大地母親嚴重的傷害，其惡果將由我們世世代代的子孫「品嘗」！我們這一代有責任和權

利給我們子孫們一個乾淨的地球；就如今年菲華各界慶祝教師節大會中，校聯的老師們所表演的手語合唱節目告訴大家的：留給我們的孩子，一個乾淨的地球，留給我們的孩子，一條清潔的河流，留給我們的孩子，一個碧藍的天空，留給我們的孩子，一片草原綠油油。

讓我們的愛心，溫暖你寒冷的手，讓我們的愛心，化作大愛的清流，清流繞著全球，淨化人心不煩憂。

是的，大愛「清流繞著全球，淨化人心不煩憂」；證嚴上人曾開示過：「我們要做好社會的環保；也要做好內心的環保」。而內心的環保，就是要「淨化心靈」，要人人從自己做起；講到社會環保，也是人人有責的全球長期公益活動。

在菲律賓最積極推廣環保的慈濟基金會菲分會，自從啟用了該會新搬的志業園區的「環保站」以來，鼓勵僑胞一齊做快樂的環保志工，「將垃圾變黃金，黃金變愛心，救助貧困的民眾」。

希望做大地的園丁，為地球盡一份心力的環保志工，可隨時將家中或各處拾得可以回收的舊報紙或廢紙，飲料鉛罐或鐵罐，塑膠或玻璃容器……等分類後，載到慈濟環保站，以實施環保的「三R」策略，即依據「REDUCE（減少）的原則、REUSE（再用）和RECYCLE（再造）的原則，減少污染，廢物和消耗；增加創造，節省資源，化腐朽為神奇的好方法。

在能源甚為缺乏的菲國，最近傳來可喜的消息：本國有人發明甘蔗產酒精而成的「乙醇」，與汽油洴合運用，可減少汽油的消耗量，且在實驗中的成效相當理想；更有人發明氫氣為「燃料」的汽車，經過一年的行駛，成果亦相當滿意……

　　說來，只要有心，環保工作，可以「從大處著眼，從小處著手」去做的。

　　報載臺灣有人為了環保，靈機一動，將被當成廢物丟棄的釋迦（ATIS）幼果，曬乾後製成小巧玲瓏的精巧手工藝品，為釋迦產業，開創春天，也為農民增添收入，讓環保的「廢物利用」落實在日常生活中。

　　還有機靈的有心人，利用飲料吸管，飲料鐵罐和打包帶等廢棄材料，製作手工藝品，巧手打造各種小動物和迷你家具模型；造型精緻特別，當為義賣品，將環保和慈善工作合而為一，一舉兩得，令人讚歎。

　　在菲律賓，最近菲華木商會慶祝建會八十五週年時，會長陳長善強調該會今後會務，特別著重「環保工作」，以挽救環境之日趨惡化，天然資源的重大損失；該會已動員重要職員及家屬，推行植樹工作，號召「領養一棵樹，挽救一座林──『ADOPT A TREE, SAVE A FOREST!』」強化「十年樹木」的造林計畫，栽培幼樹的成長，以補救過去非法伐木及運木的缺失；此積極方案，希望能得到全國各地木商的多多響應，以減少菲國將來人為的嚴重天災。

　　地球的天然資源，既已日益消耗，終有用盡的一天，唯有萬物之靈的人類，其潛力無窮，且源源不絕，而頭腦卻是愈磨煉愈精銳的。

　　期盼人類能共同攜手，發揮無限的潛能；特別是在環保方面，多所發明，以愛心保護照顧和回饋地球──大自然的母親……。

原載於「菲華文學」第八輯

生命之樹

　　美國詩人JOYCE KILMER在他的名詩「TREE」中，自認未曾見過一首像樹一般可愛的詩……並歌頌只有上帝才會造一棵樹。

　　樹，是上帝的傑作，是大自然的寵兒；也是與人類共同生活的好朋友。如果大地上沒有樹，試想，我們的地球將成為一個怎麼單調乏味的世界？

　　全球的樹種何止萬千，而菲國人民唯情有獨鍾於有「生命之樹（THE TREE OF LIFE）」美譽的椰樹（COCONUT TREE）。這為全菲將近兩萬五千萬人口帶來生機的椰樹，遍佈全國七千七百多個群島；到處點綴生氣蓬勃的綠意，令人賞心悅目。菲島亦由此稱為「椰島」之邦。

　　椰樹是上帝賜予菲國人民的恩物；也是大自然的「魔術師」；全身是勁，變化無窮，可說是奇妙的「全能之樹」，隨時隨地美化，充實和改善居民的生活。

　　這可愛的椰樹，是人民賴以維生的「生命之樹」，是藝術家構思創作的靈泉；化學家研究發明的資源；醫學家治療保健的寶藏，和商業家經濟企劃的無限商機……。

　　如果你有機會到菲律賓好友的鄉下作客，你也許會體會到，椰樹在菲人日常生中，是多麼的重要可愛。

夏日的椰園，當清新的晨風拂過茅舍窗外挺拔的椰樹叢，片片長垂肩的樹葉，隨風飄蕩，迎風起舞，為清晨帶來蓬勃的朝氣；好客的主人，以長竹竿勾下樹上的綠椰青（BUKO），砍開厚厚的椰殼以椰汁款客。啜飲清涼解渴的椰汁，品嘗新鮮嫩滑透剔的椰肉；還有那深褐色的甜椰醬，夾著熱脆的米包（PAN DE SAL）和椰油煎香的薰魚脯……這頓別有風味的早餐，教人一食難忘。

午飯和晚餐，是女主人大顯烹飪工夫的時刻：皮脆肉嫩的烤乳豬（LECHON DE LECHE），椰醋特別調製的雜菜酸魚羹（SINIGANG）和香噴噴的椰奶咖哩雞……席間，主人還敬上多杯都不醉的椰酒（TUBA），真夠味道！而飯後的甜品也是一絕：什錦椰汁奶露（GINATAN）和椰絲雜色米糕（SAPIN SAPIN）……等，好一席色味俱全的椰宴。

每當夜幕低垂，星宿羅列，明月照著椰樹梢頭的當兒，早熟多情的菲國青春男女，雙雙對對的在椰樹下，彈著吉他，唱著小夜曲（HARANA），互訴衷情，互譜心曲……為熱情的南國農村之夜，平添濃濃的羅曼蒂克氣氛……。

返回馬尼拉，你如果陪著遊興未盡的遠道親友，到羅哈士大道（ROXAS BLVD）兜風觀光，透過馬尼拉海灣（MANILA BAY）堤岸上挺立如衛隊守崗的椰樹群，欣賞那世界馳名的「馬尼拉海灣落日（SUNSET OF MANILA BAY）」奇景：波光鱗鱗的海面，蕩漾著滿天燦爛彩霞的倒影，別有一番浪漫，綺麗出色的東方情調，令人神往。

在世界各國正熱烈提倡環保運動的今日，椰樹從頂到根，都有特殊多元化的應用功能和利他價值，可稱得上是「環保之樹」；在白晝，椰樹更過濾淨化空氣中的污穢，提供我們新鮮的氧氣，調節氣候；晚間又裝飾各處怡人的夜景，值得使人刮目相看。

熱帶的菲島，得天獨厚，椰樹是一年四季都開花結果的「長春樹」，全年有收成，而全棵樹的各部份，都能派上用場，所提煉的椰油，用途非常廣泛……不僅在工業和化學方面，可制成不少有價值的產品和副產品；更是傳統製造食油、調味料、肥皂、清潔劑、潤髮油、護膚油……甚至驅風油的主要原料。

至於其他如：打掃庭院的硬掃把（WALIS TINGTING），擦光地板的椰刷（BUNOT），盛水的勺子，孩子的撲滿（PIGGY BANK），以及菲土風舞的響板道具等，都是椰樹的葉梗和椰殼的產物，也是菲人家中常見的簡便經濟用品；還有粗中有細，富有地方色彩的椰殼手工藝品，更是遊客喜於光顧的土產。

據說椰子外層的棕殼纖維，是一種耐用的紡織原料，織成的地布，有防止土壤侵蝕的功能；而椰樹幹製成的椰木（COCONUT LUMBER），是普遍的建材，經濟實用。

過去，椰子的主要產品椰乾（COPRA）——由曝曬或烘乾而成的老椰肉——是多年來為菲國賺進大量外匯的大功臣。可惜近年受到全球經濟不景氣的影響，很多椰農的生活都陷入窘境。

幸而椰乾的用途極多元化。本國所提煉的純椰油（PURE COCONUTOIL），有「熱帶油之后（THE QUEEN OF TROPICAL OIL）」的美稱。其純淨，低脂和富營養等特性，是保健的經濟

食油，風行全菲。

當今世界汽油價格日益暴漲之際，最近菲國傳媒發出一項可喜的消息：有菲人發明了以百分之一（1%）的椰油（COCONUT OIL），混合柴油加工而成的燃料（COCO-BIODIESEL）……如果獲得政府的支持及民間的合作開發，椰子和椰油的需求量必然大增，而為椰業帶來更上層樓的第二春。

如能開發成功，照估計，這種（COCO-BIODIESEL）混合燃料，每年的產量將可達到七萬公噸（TONS）；而每年出口數額亦可能超過十億美元（ONE BILLION DOLLAR）……這對政府消弭貧窮的國民生計政策，當會大為改善。

說來，上帝對菲國特別恩寵，近年在國內外正流行著一種由剛收成幼椰子所製成「幼椰油（VIRGIN COCONUT OIL即VCO）」，據稱這種幼椰油（VCO），富有醫學上突破傳統性的醫藥效用，在多項病例個案中，證明幼椰油（VCO）對治療氣管炎、哮喘病、喉痛和白內障，都有特效；甚至尚具「返老還童」的功能，而有人稱之為「生命之油（THE OIL OF LIFE）」和「青春之油（THE OIL OF YOUTH）」……大受消費大眾的青睞。

最近，幼椰油（VCO）的保健及美容的副產品（如護膚乳、護膚霜、護髮油與美容香皂）禮盒，紛紛陳列在全菲各大百貨公司，購物中心與超級市場；裝璜美觀精緻，經濟實惠，自用送禮兩相宜。據說深受國人及遊客所歡迎。這可說是國人響應提倡、購買和喜用國貨的俱體良好表現。

製造幼椰油（VCO）的行業，異軍突起，使椰子的需求量大大增加，這對椰業是一大喜訊……根據某項研究報告，菲

國製造幼椰油（VCO）的行業，早在二〇〇二年即已打入國際市場，較東南亞其他如印尼、馬來西亞、越南和泰國提早三年，開發至美國、歐洲聯盟國、中國、日本及韓國。而菲國某VCO公司，目前以每公升（LITER）八美元的行價，每月銷售十公噸（10METRICTONS）予泰國某集團，其業績著實可觀，這真是值得大力發展的新行業。

祝願「生命之樹」的「生命之油」與「青春之油」，點點滴滴，彙成愛的大海，普渡眾生，更為菲國帶來無限的商機和生機！

有云人生最大的意義在於服務他人。至聖先師孔子的「禮運大同篇」啟示我們，應「人盡其才，物盡其用」。而「生命之樹」的椰樹，對人類多元化的利他功能，已落實了「物盡其用」的理念；人類應以其為鑒，人人積極發揮「小我」的天賦智慧，才華和潛能，做到「人盡其才」，服務「大我」，造福環宇。

原載於第十屆亞細安文藝營詩文選二〇〇六年十月

歡樂組曲

　　歡樂是人類七情中很積極的一種心理狀態。常常感到歡樂的人是幸福的；然而歡樂往往要受到精神或物質生活的影響，不過歡樂必須由自己去尋找，去爭取⋯⋯。

　　波斯大詩人莪默・伽亞謨在《魯拜集》中，曾自認只要有麵包、清酒和書卷；和心上人一起分享，即使於原野也會如在天堂⋯⋯這種非常羅曼蒂克的滿足和喜悅，豈是一般醉心高級物質享受的現代人所能領會的？

　　說到清大才子金聖嘆「不亦快哉」的特殊快事，有多少人可以苟同？而過去文人雅士所謂的：「久旱逢甘雨，他鄉遇故知，洞房花燭夜，金榜題名時」這四大人生樂事，到了高科技發展日新月異的今日，國人對喜樂的價值觀可能早已改變了。不過，大致上說來，人生很多的賞心樂事，還是會受到不少人所認同的吧？

　　今年的「奧運二○○八年」很快將在北京舉行；「百年奧運，中華夢圓」，全球海內外的炎黃子孫和華人華裔，都應為此盛會鼓舞，歡欣而自豪，並期盼全球人類，不分種族膚色，都能同心協力，促成「同一個世界，同一個夢想」的理念能在奧運會中順利實現！

多年前，在一次難忘的節目中，看到聞名世界的美國電視節目主持人Oprah，她很誠懇地鼓勵觀眾，要有一本「愛的日記」，把每日最值得高興的事記錄下來；還要常常翻看，以培養永遠歡樂的心情。我當時深受感動，便試著寫了一陣子；但由於一向懶散成性，這記日記的好習慣未能持之以恆，卻留給我不少歡樂可喜的溫馨回憶……

去年暑期，不是為了時尚，而是為了興趣，跟懿妹一同回到中正母校，和好多阿公阿嬤輩的校友們歡聚，一起學習電腦操作和上網尋找資料等入門課程……從不斷的嘗試過程中，落實了：「活到老，學到老，還要活得更美好」的現代教育理念：也從中享受到無窮的學習樂趣。

有時偶然在應酬的交際場合裡，遇到了將華語講得字正腔圓的外國人或華裔青年，真是又感動又高興；還記得有位好學的學生曾經在作文裡寫著：「快樂，就是能專心努力把中文學好！用好！」我多希望這句話，也是現在我們每一位華僑華裔青年的心聲！

如果有機會與心愛的群書為伍，以開朗輕鬆的心情，悉心地向書裡中外古今的專家學者請教，正如「人間讀書會」所倡導的，來「讀做一個人，讀明一點理，讀悟一點緣，讀懂一顆心，將生活書香化」；而更能將生活趣味化而樂在其中。

這也是多年的往事了：世界偉大的美國人類學家Margaret Mead曾應聯合國「教科文組織（UNESCO）」特別邀請來菲作數場學術專題演講和主持講座。我有幸和她聚談，請問她對有關人生樂事的看法。她很親切地告訴我說，人生不能常有機會選擇

自己喜歡做的工作，但每個人都能培養喜歡所做的工作之樂趣
——要盡量去喜歡自己的工作；這樣，自然就會樂在其中……這
項「樂業」的忠告，後來就成了我工作的座右銘，我常常和親朋
好友分享和落實她這寶貴的金石良言。

　　　　　載於菲華作協散文集「椰島相思」（二〇〇八年）

知足常樂

好多年前，美國著名CARDINAL袋裝書勵志叢書的大作家OG MANDINO應本國某大書店邀請訪菲。在他的新書推介會上，我請教他如何獲得快樂人生的奧秘，他含笑肯定地告訴我：「ALWAYS COUNT YOU BLESSINGS（常常數你的恩惠）。」相信這句金玉良言，對有心人說來也會激發很大的啟示；特別是喜歡吟唱聖歌的人，可能就想到「數主恩惠」（COUNT YOUR BLESSINGS）這首意義深長的聖詩：「當你經過試煉，茫然無所從，你心絕望，以為甚麼都失蹤；就當數主恩惠；當一一的數，你就要希奇祂曾如何眷顧你——數主恩惠……當你看到別人屬世的亨通，你若念主應許，心就不會動；你所受的恩惠，原來無處買，你有了父的家，又有主的愛。所以，無論遇見大小的試探，不必灰心，萬事總有主承擔。你若數主恩惠，天使要來臨，伺候你，服侍你，並使你歡欣。」而有所感悟。

聖經裡大衛王在他的詩篇「第二十三篇」亦提到：「耶和華是我的牧者，我必不至缺乏……我一生一世必有恩惠慈愛隨著我……。」這對前詩所蘊涵「知足」的意義，可說是最貼切的詮釋。

民間有流傳著這麼一首「知足常樂」的小詩：「知足常樂，天大樂，欲望太多，天天憂；比上不足，比下有餘，凡事

隨緣最快意，看得透，是福氣。知足常樂，天天歡欣。」可見知足是快樂的源泉。來自內心的快樂，往往是始於知足自滿，是自我的肯定；而非消極的不求上進，或不想超越現實生活的心理。

證嚴法師的「靜思語」亦提到：為人要「心中常存善解、包容、感恩、知足、惜福……一個人的快樂，不是因為他擁有得多，而是因為他計較得少。」此著實是發人深省的開示。

世人多認為金錢萬能，沒有金錢則萬萬不能；於是有人日以繼夜，苦心鑽營，追求金錢名利，以滿足物欲；而欲望無窮，欲海難填，終於作奸犯科，墜落罪惡的深淵，不能自拔！倘能不作非份之想，不趨於好高騖遠的奢求，珍惜和滿足當下所擁有的一切，自能清心寡欲，逍遙自在，活得心安理得而知足常樂。

當然，金錢可以滿足一般的物質需求。星雲大師曾開示過：「人類為了生存，肯定要顧到現實的物質生活。當物質生活豐足了，就追求精神生活；精神生活也充實了，就要追求藝術生活；藝術生活也美好如願了，就需要宗教生活來安定心靈，滿足最深層的一種『平安』的渴求」……。相信這是眾生自然的心路歷程。

我是很平凡的人，在平實的人生中卻曾擁有過很多恩惠，讓我內心常常充滿感恩惜福，和自滿知足的愉悅。倘若從記憶的八寶箱裡，數數緊連著的美好回憶珠璣，就會喚回串串溫馨的舊夢……。

　　從二○○四年接受了一場大病的治療以來，我更深深地體會到神的大愛，和親情、友情、師生情、同事情和同窗情……的可貴。在我患病及調養（復健）之際，甚至目前對病情尚待追蹤檢驗期間，都承蒙諸位親友、老師、醫師、同事、同學、門生及熱心的華社文教團體人士的親切關懷，愛護備至；熱心悉心多方賜予精神、物質及經濟上的大力支持，俾我得以順利渡過難關；恩同再造，深銘五內。現特此再謹向上蒼與各位親朋好友、母校、校友總會、李氏宗親總會及華社文教團體和有關人士，致上最大的謝意、敬意與祝福。人生何幸享有這難得的平安的福分，真是夫復何求！星雲大師還開示眾生：「人不要什麼賞賜，不要什麼富有；人只要能平安的活著，活得尊嚴，活得歡喜。」且歡喜往往會帶著幸福的感受；而「幸福人人追求，人人需要。但是幸福難有標準，因為人往往『身在福中不知福』；一般的幸福，應該就是感到滿足的人生；平安的人生。幸福不在物質上享受有多少；幸福不是靠物質積聚而來，卻是要在精神上昇華才能獲得。」此為一般追求物質享受的人所未能體會到的情趣。

　　英國名詩人濟慈認為「美的事物是永恆的喜悅。」這種精神上的享受和慰澤，並非皆能由金錢的代價所能獲取。懂得生活藝術的人，往往可以張開心靈的眼睛和耳朵，去欣賞周遭美好的事物菁華，來體會精神上的滿足而喜樂。

　　很感恩我親愛的雙親和敬愛的恩師們，在我平凡的生活中讓我早年就有緣結識了文學之神阿波羅（APOLLO），一直緊隨著他進入奇妙的書的世界遨遊，陶醉在芬芳的書香裡，使人類的

文化精華，從古到今，流轉在彈指之間；並以開朗輕鬆的心情，虛心向書裡的文學與藝術大師及學者專家請教，來啟迪智慧，拓展視野，使生活書香化、趣味化。又正如文學大師余光中所感受的：「美麗的扉頁一開，真有『芝麻開門』的神秘誘惑，招無數心靈去探險。」且往往滿載而歸。

我覺得在不同的時期讀書，尚有一番獨特的情趣和境界。雖不如清朝才子張潮強調的：「少年讀書，如隙中窺月；中年讀書，如庭中望月；老年讀書，如台上玩月，皆以閱歷之深淺，為所得之深淺耳。」但經歲月的流轉，由早年的閱讀漸漸進入白頭的悅讀，的確讓我從精神食糧的書堆裡深深體會到知足常樂的真諦。

回想在母校求學那段最美好的黃金時光裡，音樂之神對我似乎特別恩寵，總愛牽引我到一個飄逸空靈的精神世界漫遊，讓我深感有音樂的日子真好！如今已至望八之年，而聽歌的閒情逸致，陶醉在古典和現代的樂韻歌聲之情懷如昔。

長念中學時代風趣樂天的施夏燦恩師，是他老人家悉心以樂聖貝多芬的第五「命運」交響樂，第一樂章的四個雄壯有力的音符，敲開了我更進一步和音樂之神結緣的大門；啟發我更喜歡以音樂點綴平淡的生活；在無涯的藝海邊沿，聆賞一陣陣空靈飄逸的樂韻歌聲；觀賞一道道七彩繽紛的藝術彩虹。讓我有時蕩氣迴腸；又時而給我激勵鼓舞；心曠神馳，身心受益……。

音樂是人類共通的語言，亦是「上帝創造的靈魂的語言」；我雖然未曾正式瞭解過音樂，但我卻往往感到音樂環繞在我的周

遭，等待我去關懷欣賞，來提昇精神的境界。在人生漫長的旅途上，音樂就如一道曲折曼妙的河流，淨化我的心靈，滋潤我的生命，充實我的人生在平凡中知足常樂……。

載於菲華文協「菲華文藝」月刊

（二〇一〇年二月四日）

第三輯

教育／見聞

菲華兒童文學園地的陽光

　　第二屆菲華兒童文學研習會一連四日的活動，將為大岷三十五所華文僑校二百六十多位教育工作者帶來大量的光和熱，希望在充電的過程中，各位學員能多多交流研習心得，以集體的智慧、運用知識、融和愛心與熱忱，發揮兒童文學集體創作的力量，為菲華兒童提供感性和知性的精神食糧，充實他們的生活，美化他們的心靈，啟迪他們的心智。

　　兒童文學與華文教育息息相關，將兒童文學帶進校園，使華文能生根滋長，是兒童教育工作者刻不容緩和義不容辭的神聖任務。

　　若要落實兒童文學配合華僑教育的發展，筆者不揣淺陋，提供幾點意見，局限於篇幅，茲略舉如下：

① 從低年級開始，引導並強調圖書館的利用，以培養兒童的讀書習慣和興趣。

② 推廣童詩兒歌教學，利用電化教具，由欣賞、吟唱到創作過程。

③ 各僑校配合中國的「兒童節」，菲律賓「兒童圖書日」和菲律賓「全國圖書日」舉辦大小規模的藝文活動，以擴展兒童文學的領域。

④ 商請菲華各大眾傳播機構，與僑校合作，為推展「兒童文學」活動加強服務。

⑤ 將本屆研習的講義及學員的優良成果，繼續在「春暉」或其他兒童文學園地發表。

⑥ 編印上屆及本屆講義與學員研習成果選集，提供給僑校老師參考。

⑦ 每年繼續舉行「菲華兒童作品展覽會」，此對參展和參觀者都有很大的激勵作用，並能引發成就感，進而促進教育界及社會人士對華文教育及兒童文學直接或間接會增加關注與興趣；其意義重大，值得推廣。

⑧ 增闢兒童園地，提高稿酬，鼓勵僑校輪流提供教師及兒童特別優良的創作。

⑨ 設置「華菲兒童文學獎」或可先由「菲華兒童文學研究會」創設，從小規模開始，參加對象為各僑校教師及集體鼓勵兒童文學創作。

願各位老師在結業回到教育的崗位時，像永恆的太陽一樣，多一分熱，多發一分光。

林懷民愛的禮物
——給「中正」學生的話

　　一九七九年，中國現代舞先驅林懷民率領他始創的「雲門舞集」在菲律賓民俗劇場首次演出幾齣活力充沛、風格獨特，手法新穎的現代舞，震撼了成千上萬的中外觀眾，其中最教人讚歎不已的是大型史詩舞劇「薪傳」中的一場「渡海」——充分地表現出由唐山渡海到臺灣的先民在驚濤駭浪中，同舟共濟，堅毅果敢，前仆後繼和勇往直前的拓荒精神。

　　由於時間限制，未能將全劇推出，觀眾多深以為憾。

　　尤其難得的是：該舞劇融和中西舞蹈技巧的肢體語言，以及頗有象徵性的道具，還為菲華現代舞壇帶來相當深遠的啟示和影響。

　　近幾年來，「雲門」在林懷民督導的千錘百煉下，舞藝更臻圓熟，早被公認為中國人引以為榮的現代舞蹈團，每當巡迴世界各地公演，國際上的觀眾都讚譽不絕，也得到舞評家極高的評價。

　　去年六月，「雲門」在香港首度演出，獲得空前的熱烈歡迎和成功後，即應菲律賓文化中心主任卡絲勒博士的邀請，特來馬尼拉公演兩場，推出「薪傳」全套舞碼，以補償觀眾多年來的宿願。

表演前夕，林懷民在本島聯合日報「樂與藝」版表露他和全體舞者的心聲：「謹以先民渡大海，入異域，開天闢地，綿延香火的民族史詩舞劇，向馬尼拉的弟兄姐妹致意！」使僑胞倍感親切。

在菲律賓文化中心兩場九十分鐘不落幕不休息的演出，二十多位男女舞者，以精湛有力的肢體語言及涵泳豐富的感情，把：「唐山」、「渡海」、「墾荒」……和「節慶」等情節刻劃得淋漓盡致，還有那層次分明，節奏強烈的敲擊樂；穿插了臺灣民歌老手陳達自彈自唱的愴涼即興閩南小調：配合著台前幻燈映出的中英歌詞，更帶動了中外觀眾起伏不已的情緒。

兩晚連續的公演，僑胞前往欣賞捧場的非常踴躍，舞者一場比一場賣力；演出一場比一場精彩。觀眾看得熱血沸騰，有人感動得熱淚盈眶，情緒高昂。劇終時掌聲雷動。揮汗如雨，聲嘶力竭的舞者多次謝幕，仍無法平伏鼓掌中外觀眾激動的情緒……這是菲律賓文化中心幾年來所罕見的熱烈場面。

「薪傳」的確是一部偉大動人的現代舞劇；更是一首描述三百年前唐山的先民以大無畏的精神拓殖臺灣的史詩：

它呈現了「歷史的真，民族的義和鄉土邦國的愛，表現中國人堅毅不屈的意志，感情、渴求和信念」；所以在每次公演的時候，都會「造成觀眾的共鳴和震撼，濃烈的感情隨著薪火相傳繁衍下去。」而這正是林懷民和舞者們的渴望和心願。

在他未返國之前，我再度向他道賀成功……談話間，他深以華僑目前的處境為念，更關心我們華文教育的前途和僑青的精神食糧問題……我向他提及在「雲門」的演出期間，我們中正學院

的學生適逢月考，錯過了欣賞和捧場的大好機會，真是可惜！很想請他透過錄音機，向同學們講幾句勉勵的話，這位成功的編舞家隨即欣然應允，他才思敏捷，出口成章，讓我很順利地完成了這場親切感人的即席錄音：

「中正學院的同學：林懷民代表「雲門舞集」問候各位。我很高興到馬尼拉，也許有些同學已看過「薪傳」，也許沒有。《薪傳》所講的是一群中國人，為了追尋理想離開自己的故鄉，所謂「入大海，進異域」，到一個陌生的地方去打拼（廈語奮鬥之意）去「努力」。生活可以很艱苦，可是他們眾志成城，來克服困難；不管那個地方是臺灣，還是菲律賓——這是我們祖先的故事，這也可以是我們自己的故事。

以我個人來講，我年輕的時候，很晚才學跳舞，可是我真的「很愛」跳舞，所以不管我是個「外行」，不管我的腿舉得不高，我決定要完成這事情。我用很多年的時間來使我的腿舉得高一點，用更多的時間來使我的團員能夠把腿舉得高一點點。很多時候，我很灰心；很多時候，我覺得生命很痛苦，但是只要付出了耐心，只要你堅持著，腿是會長高一點點；舞者的腿也可以舉得高一點點。

在《薪傳》的演出裏一共有九十分鍾。舞者們常常在登台之前是害怕的，如果他們是用力的話，全心地去愛觀眾，全心的投入舞蹈之後，觀眾給他們的掌聲使他們又疲倦又高興，覺得自己還可以多做一回。有時候，他們偷了懶，他們害怕著而沒有努力著，演完了之後，他們只有疲倦。

有時候，人的對自己的沒有信心和恐懼感，使人家容易劃

地自限。從來沒有人能夠為我們劃出一條線，說我們只能站在這裏，除非我們自己劃了這一條線。

人生的每一個階段的困難，對我來說是一個很大的挑戰。但是，困難不等於阻礙，能不能夠接受挑戰，突破難關，事實上全是靠自己的意志來決定的。

十幾年來，我每天都在面對自己的不足。我發現舞蹈創作已成為我永遠的挑戰：常常我也偷懶，常常我也做不好；但是只要累積的努力就會有突破。

我想人生是應該有低潮有高潮：人生應該是有苦有樂，只有糖的日子不足以完成人生，不知道汗水的鹹，永遠沒有辦法體會成功的甜美。

在我最悲哀最灰心的時候，我常常聽「國旗歌」、它說：

「創業維艱，守成不易」；它又說：「毋徒務近功」。《國旗歌》裏面說：「光我民族，促進大同」，在我悲哀的時候，我聽《國旗歌》，我希望擁有這樣積極的人生觀，有這樣雍容大度的氣概；也願意這樣的期許付出我一分的努力，這分的努力在《國旗歌》裏呈現；我也希望在《薪傳》裏呈現。

當我們把自己的力量奉獻出來，我想命運是在我們的手裏！

同學們，也許這一次我們沒有機會見面——雖然我們隔著大海——但是我希望同學們要知道，當我們努力的時候，當我們流汗的時候，當我們含淚頌歌的時候……我們是在一起的！

祝福你們，也希望你們回臺北來看我們。大家保重，努力，更上一層樓，為了自己，也為了我們的民族。我相信你們一定會幹得比我還好——因為你們比我年輕！再見」他對著錄音機侃侃

而談，自然的表情，溫和誠懇；那親切的語調，彷彿是一位和藹的老師面對著無數學子講話般的持重認真。這使我不難瞭解，「雲門」的舞者和國立藝術學院舞蹈系的學生為何對他敬愛有加。在國內的藝術圈裏，他的人緣極佳。這自然也是意料中事。而他個人這種對藝術鍥而不捨的執著精神，正是我們華僑青年治學和立身處世的楷模。

他的贈言，可說是他本人生活奮鬥歷程的見證。事實上，也很有勇氣接受人生任何挑戰；而且能以百折不撓的堅強意志，突破難關；使他由一個現代舞的「苦行僧」修練成為中國當代國際上極具聲望、才華和潛力的舞蹈家和編舞家。

早在十五年前，他就提出了「中國人作曲、中國人編舞、中國人跳給中國人看」的理想。他陸續創作了五十多齣很有創意和突破性的舞作，率領「雲門」一直在做著開路的工作，不斷地在國內外為現代舞開疆闢土；為國爭光；也拓展了觀眾欣賞的視野。

他隨時迎接工作上各種的挑戰，經常嚴格地自我批評，這種苛求的性格，成為他個人和「雲門」進步的推動力，而每次的演出，他和舞者都全心全力以赴，務求盡善盡美，更上層樓。

最近，「雲門」宣佈定於今年三月在臺北推出「林懷民舞蹈工作十五年回顧展」，由三十位舞者共同演出他十五齣代表作的選粹；重舞「雲門」成長的軌跡，將為國內現代舞史再度留下輝煌的紀錄。

很多人認為我們中正學院的同學很幸運——能夠常常有機會得到國內名家的鼓勵和關懷。記得一九八三年十一月，名作家劉

靜娟隨「亞華作家協會訪問團」到母校參加文學講座後，回國在
中央日報副刊發表了一篇長文：「在同一棵樹下——寫給馬尼拉
中正學院的孩子們——」；裏面很多勉勵和讚美同學們的話；大
家讀了都很感動和驕傲。

　　去年八月，學者作家梁錫華在母校主講「中正的文學，文學
的中正」，風趣幽默，深入淺出地指出求學、寫作和做人的大道
理，同學們一定可以深深的體會到。

　　為了行色匆匆，林懷民未能到母校參觀，和同學們見面；但
他對同學們深切的關懷和好意，也使我們感動和感激。我相信他
這篇語重心長，親切誠懇的「即席贈言」，不但是我們中正學院
同學們很珍貴的愛的禮物；也是值得所有海外中國人和華裔樂於
接受的贈言。現在趁著新春，特別於「中正學生」刊為文介紹，
更具激勵的意義，願與各位親愛的同學共勉。

載於菲律賓中正學院中學部校刊「中正學生」

（1987年）

遨遊書的世界

　　在千禧年高科技發展的時代，所謂「書」，從廣義來說，已經不再局限於傳統的一本本的形式，而是日新月異，以「聲、光、化、電」的多姿多采面貌呈現的中外「讀物」。其實，書的世界，是一個奇妙的世界，比愛麗思夢遊奇境中的奇境更神奇奧妙，令人神往……。

　　愛書的人，遨遊書的世界，就正如名詩人余光中所感受的「美麗的扉頁一開，真有」芝麻開門「的神秘誘惑，招無數心靈進去探險」；更何況清代名臣曾國藩認為「人的氣質，本難變化，惟讀書則可變化氣質」；德國大文豪歌德也說：「當你讀書的時候，你並不覺得怎樣，但你確實改變了。」是的，讀書不但改變我們的氣質，提升我們的心靈境界；更讓我們進入知識的堂奧，享受精神的豐宴，獲得無限的樂趣。

　　書的世界是遼闊無邊的；即使在書海上航行，也得朝著正確的方向，才能到達探索的彼岸。名作家隱地（柯青華）說得好：「書的世界是一個很大的精神自助餐廳，每個進去的人，都可以自己點菜，都可以食得很飽，都可以獲得自己獨特的經驗……」當然，自己點菜，也得會點才會吃得好；同樣的，讀書，也要會選擇才能有所裨益。對此，英國散文家培根亦認為：「有些書只需品嘗；有些需要吞咽；還有少數的書應該細嚼和消化。」

　　相信聰明的讀書人，會依照讀書的動機而進入讀書的世界：
為求學，要讀應付功課的書；為了就業，要讀工作上需要的書；
為了消遣，就要讀富有娛樂性或感性的書——這是最輕鬆又愉快
的精神享受；一來可以排遣休閒的時間，以鬆弛工作時緊張的情
緒，再來可以充實自己，提升精神生活，跟上時代的潮流。喜歡
讀書的人，自然會感到人生是豐富、充實、美好而快樂。

　　不過，在千禧年的高科技發達的時代，由於網路改變了各種
傳統的生活型態，連閱讀書籍的形式也迅速地改變了。

　　光華雜誌即有報導指出：網路時代流行的書，沒有封面，沒
有紙張，只有數位化的內容，這所謂的一「本」書沒有重量，卻
仍「質」量十足，不管叫什麼方式，文字都能讓人心有所感。

　　比較早期的一張光碟書裏就有一整套大英百科全書；然而，
光碟書容量雖大，但仍需透過電腦，並搭配「光碟機」才能閱
讀；近年來，網際網路的出現，在利用電子網路閱讀時，你只要
把最新的，約重四百公克的「電子書閱讀機」上網路，就可以下
載整本你喜歡的電子書籍來慢慢讀……享受科學之神的恩賜。

　　不過，電子書雖神奇，和傳統書籍還有很大的不同，特別
是對於一向喜歡躺在床上，還是窩在沙發上，配著一杯咖啡，清
茶或果汁；吃著小點，伴著悅耳的輕音樂的人來說，傳統書籍有
溫暖的味道，而一副科技外型的電子書就會顯得不夠親切了；同
時，對於看書喜歡劃線，加眉批和注解的讀書人或書迷來說，不
能劃線的電子書好像連思考線也一起打結了……。網路時代的新
閱讀習慣，對於「懷舊」的愛書人來說，是需要慢慢適應的；而
很多愛書人仍然跟「傳統書」結緣，邀遊於「書」的世界。

　　以不同的方式讀書，是美好的享受，人生如在不同的時期中讀書，還會有獨特的情趣和境界。清朝才子張潮就強調：「少年讀書，如隙中窺月；中年讀書，如庭中望月；老年讀書，如臺上玩月，皆以閱歷之淺深，為所得之淺深耳。」這就是說，人生在不同的年齡和不同時期讀書，因為體驗不同，所以心得也就不一樣；情趣和境界自然也就有所分別了。他還主張在不同的季節讀不同的書；「讀經宜冬，其神專也；讀史宜夏，其時久也；讀諸子宜秋，其致別也，讀諸集宜春，其機暢也。」不知有多少愛書人會有同感？

　　臺灣大學哲學系主任傅佩榮也在不同的季節裏，讀不同的書。他曾為一年四季各挑選了心目中的理想書籍，和愛書人分享：春天，讀「論語」和印度詩哲泰戈爾詩集（如糜文開翻譯的智慧格言「漂鳥集」），以增長智慧和充滿希望，夏天，讀「莊子」和美詩人梭羅的「湖邊散記」，來體會深具哲思的人啟示讀者自由自在的生活情趣，在夏天自然倍感清涼，秋天，讀「老子」，在天地有常道之中，來瞭解宇宙的真相；冬天，宜讀「孟子」，以養浩然之氣，面對寒冬……。傅教授在書的世界中之閱讀情趣，真教人羨慕。然而，我相信，有很多愛書人，可能也和我有同樣的體驗，在不同的心情和處境裏，閱讀不同感性或理性的書，來紓解生活壓力和調劑生活的情調。

　　據說在美國，書的銷售和時節息息相關，在「今日美國」暢銷書排行榜指出：元月份旅遊、健康、飲食方面書吃香；二月情人節，青少年書走運；三月復活節，宗教書獨佔鰲頭；四月稅到期，稅務書一枝獨秀；五月母親節，烹飪書再走運；六月學子結

業，暑期開始，科幻書大紅；七月奧理、傳奇；八月羅曼蒂克；九月學子返校，字典，參考書暢銷；十月開始備禮物，兒童書生意好；十一月和十二月，各類書籍齊頭並進，聖誕節前六星期，書的銷售量合全年的百分之二十，是書店的「黃金歲月」；我想，這該是愛書人所樂聞的訊息。

俗語說：「讀書破萬卷，下筆如有神」；如果愛書人也是寫作人的話，我相信「書」將是他主要的精神食糧，也是他寫作靈感的主要源泉。宋儒朱熹的「觀書有感」詩：「半畝方塘一鑒開，天光雲影共徘徊。問渠哪得清如許，為有源頭活水來。」中明顯的啟示，發人深省；而最能滋潤我們心靈的源頭活水，該是我們自動自發的「終身學習」。

在現今知識爆炸的時代，「終身學習」已成為現代人所應有的教育理念。而閱讀興趣和習慣，就是終身學習的原動力；至於「圖書館」、「文教中心」或「讀書會」……都是進入「書的世界」最快捷、經濟和普遍的「入門票」及「通行證」。

期盼我們菲華僑校，社會各文藝團體，都能善用社會國家的文化資源，多多舉辦提倡、支持和鼓勵讀書風氣的活動，還要積極培養新生代閱讀的興趣和習慣，營造充滿濃濃書香的社會；帶動讀好書的風氣，讓愛書人活到老，讀到老；讓智慧的源頭活水，永遠滋潤大家的心田；更讓愛書人，心手相連，結伴同行，快快樂樂地遨遊書的世界……。

社會環保・心靈環保

　　「二〇〇八年奧運會」在北京舉辦圓滿成功，其口號「同一個世界，同一個夢想（one world, one dream）」的三大理念是：「綠色奧運」，「科技奧運」和「人文奧運」；而「綠色奧運」所強調的「綠色環保」，更是和全球各地區的人民生活息息相關的大主題。

　　說到近來全世界所發生的天然災難，如暴風雪，暴風雨，龍捲風，寒流，熱浪，水災和旱災……的日益增加，幾乎影響到地球上每一個區域和每一個人；特別是全球氣候的升溫，專家們都認為主要的原因是由於人為的空氣污染；而其最直接與簡便的解決措施，就是全球提倡和實行「綠色環保（Green Environmental Protection）」，推行植樹造林運動，從增氧減碳的計劃做起……。

　　菲律賓在二〇〇六年，由「環保與天然資源部」成立的「綠色軍團」（Green Army），為策動並全力在全國推行綠化運動，於計順市東美景區的拉美沙水庫分水嶺及生態公園，舉行了種植樹苗方案的首發儀式，預期在二〇〇七年底，在全菲各省市社區種植二千萬株樹苗；以改善菲國越來越惡化的環境及淨化受污染的空氣，亦借此運動，美化環境，綠化地球。

　　菲華木商會在慶祝建會八十五周年時，也曾動員重要職員和家屬，響應推行植樹工作，號召「領養一棵樹，拯救一座林（Adopt a tree, save a forest）」，強化「十年樹木」的造林計劃，來挽救天然資源免受重大損失。

　　最近欣聞我們母校英中八四年度級友會，為慶祝今年畢業二十五周年，已於三月二十二日在拉美沙生態公園（La Mesa Ecopark）進行植樹活動。這是極適時而特具「綠色環保」意義的慶祝方案，值得借鑑和讚揚。此項活動，不僅呼籲大眾要保護環境，並要曉得大自然對人類的重要性；而華社唯一的中文（華語）「菲中台」電視臺，亦特別播出該級友會此次深具教育意義的公益活動，藉以強化觀眾的社會環保責任意識。

　　自去年馬英九總統為落實環保運動，美化臺灣及支持節能減碳的世界公約，特提出愛台十二建設——綠色造林計劃，希望全球僑胞都能捐獻回應；我們旅菲各地區的各界僑胞人士，在中華民國駐菲代表李傳通與僑務組組長吳豐興以及僑務顧問丁金煌，僑務諮詢委員吳民民和僑務委員許金星與多位團體領導人的帶動下，都紛紛熱烈響應，慷慨捐輸……最近捐得總額高達菲幣七百萬批索（新臺幣約四百六十五萬元），居全球各僑區認捐總額之冠！我們旅菲僑胞這種從來不落人後的「第一」愛國精神，又受到大眾的肯定和讚揚。

　　今年為回應世界環保日活動及向民眾宣傳環保意識，菲參議院多數黨領袖，及環保委員會主席羅仁‧黎雅達（Loren Legarda）參議員發動了植樹運動，於六月五日上午在倫禮沓公園舉行植樹儀式，種植樹苗；並邀請華社重要團體領導人出席參

加；尚請向華社大力宣傳，多多支持環保運動。而該植樹活動乃旨在栽培綠樹成蔭，淨化空氣，提升旅遊觀光價值……。

希望華社僑胞——特別是母校校友，家長和同學--都能積極找機會，陵續響應植樹運動，共同努力，保護地球，謀求並營造更健康和幸福快樂的生活環境。

當然，社會環保活動不僅是在於植樹而已，只要有心，環保的工作，可從大處著眼，由小處著手的，那就是先由資源回收做起。

其實，我們日常的生活中，都會有許多被丟棄的「廢物」；有時候如果再用心去想一想，可能會發現其中還有不少是可以再利用或賣出去的，例如：飲料的鋁罐，鐵罐，礦泉水塑膠瓶或化妝品玻璃容器，舊報紙和雜誌，舊作業本和教科書，舊傢俱或電器以及舊衣物等，都能以舉手之勞，用大紙箱分類為：罐（can）、紙（paper）、塑膠（Plastic）和衣物（clothes）等類的回收資源，設法交到環保站或賣了，將善款奉獻出來做公益事業……。至於如何聯絡理想的環保站（如慈濟慈善基金會菲律賓園區的資源回收環保站），相信母校校友會或慈濟的義工朋友會樂意提供資訊；好讓那些回收的資源，有機會再被利用或賣出去，將款項用作救助有急需的貧困大眾；真是一舉兩得的善舉。

談到對回收資源的初步處理，據說可以依照環保的「3R」策略：Reduce（減少）、Reuse（再用）、Recycle（再造）這三大原則去做，可以減少污染、廢物和消耗；尚可利用的設法再用，以節省資源；更要將回收資源加以創造或改變，達到化腐朽為神奇的效果。

　　我知道很多同學都很有藝術天分的。想到每年慶祝農曆春節時的製作花燈比賽，或壁報與海報比賽；有天賦的同學們在老師的悉心指導下，都能發揮團隊精神，運用巧思和妙手，出奇制勝，令人激賞。如有機會給同學參加「環保DIY手工藝」活動，相信大家一定會應用：Reduce（減少）、Reuse（再用）、Recycle（再造）的環保原則，別出心裁創造出巧妙神奇的作品⋯⋯來點綴或充實精神和物質的生活。

　　很希望同學們在家裡或學校，多多帶動親友投入這項資源回收的社會公益活動，發揚我們中正人「助人最樂」的積極精神。

　　至於說到上市場自帶購物袋或環保袋；出遠門帶環保餐具；利用可再用的回收資源做「環保DIY手工藝」品；或平日隨手「關水」和「關電」等，也都是易行的推廣環保及節省能源的好做法。猶記去年菲華商聯總會，為呼籲華社提高環保意識和節省財力，特編印詳細實用的省電省油秘訣，提供華社大眾及華校索取參考；並曾在各大華報分期刊登。這些真是提倡環保的具體設施。

　　大家都知道，人類只有一個地球。我們這一代有責任和權利來造福我們的子孫後代，將來才會健康快樂地在地球上生存；現在如果不做愛護及保護地球的社會環保工作，將來一定會後悔莫及的！

　　二十多年前就榮獲「麥獅獅社會服務獎（Magsaysay Social Service Award）」的證嚴法師（Master Shih Cheng-Yen）曾開示過：「我們要做好社會的環保；也要做好內心的環保。（We should properly carry out environmental protection tasks, not only for our society, but also for our heart.）」而社會環保是人人有責任的全球長期性的公益活動；至於內心的環保，就要「淨化心靈」，也要人人從自身做起，先要自愛；不使心靈受到污染。正如證嚴上人在「靜思語錄（Still Thoughts）」所開示的：「口說好話，心想好意，身行好事。」；也就是要響應星雲大師所提倡『做好事、說好話、存好心』的「三好」運動，和要做到如聖經詩篇裡所要求的：做行為正直，作事公義和說實話的人。亦要遵守我國古代勸導世人：「耳莫聽惡語，目莫觀壞事，口莫出讒言」的明訓……。

由於時代變遷，我們目前的華校，辦學的宗旨在於傳承與弘揚中華文化，培育「具有中華文化氣質的菲律賓公民」；激發學生以身為華人華裔為榮，及培養其熱愛僑居地的國家，也愛中華的情操。

我希望土生土長的華人華裔學生，特別是母校求學的學弟學妹們，不但會說流利的菲語和英語，也會講通順的方言和華語（普通話）；不但知道有Rizal，也要知道有孫中山；不但會講到「Noli」和「Fili」，也要會講到《論語》和《三民主義》；不但會提到Plato和Aristotle，也要提到孔子和孟子；不但知道要「己所欲，施於人」，也要知道「己所不欲，勿施於人」；不但嚮往科學中的太空人和火箭，也會欣賞月宮裡的嫦娥和玉兔；不但知道慶祝每年二月十四日「情人節（Valentine's Day）」，也要慶祝每年四月二十二日的「地球日（Earths Day）」；不但沉醉於打玩手機和電腦，也要關心到資訊和環保問題；不僅懂得向家庭和社會有所要求，也要做到會感恩和回饋……更要珍惜當前

學習華文的機會和權利，多多吸引中華文化和道德的精華，愛護
中華文化；從「愛」中去瞭解中華文化的博大精深，歷史悠久，
貢獻偉大，而樂於做龍的傳人。特別是近年來，中國的經濟和科
技的迅速發達，還有在北京舉辦的「二○○八年夏季奧運會」獲
得了空前的成功，更應以身為華人華裔為傲為榮！

　　同學們有幸生為二十一世紀 e 時代的新新人類，享受到前人
所未有的奇妙生活；然而，你們對服務社會的任務，也將越來越
重大！不過，目前你們還在求學時期，必須先充實自己：上課時
對中英菲語文的課程，都要照顧好；而且要養成閱讀中外報刊和
其他的優良課外讀物的好習慣，加強終身學習的意願；還要培養
高尚的品格和獨立思考的能力，以及宏闊的世界觀；將來在人生
的世界舞臺上，才能發揮強勁的競爭力，成就一番大事業。但請
別忘記回饋家庭、母校社會和國家。

　　更期待同學們在學成後，做才德兼備的「堂堂正正的中正
人」，負起傳承和弘揚中華文化的神聖使命；有科學天賦和潛力
的同學，更要在環保方面，有傑出的發明；也希望人人保持推動
社會環保及心靈環保的信念，以愛心與恒心保護和回饋地球——
大自然的母親，造福這「世界的地球村」！

　　欣逢今年要慶祝母校七十大慶，謹祝母校永遠

　　校運興隆；校譽遠揚！

　　校運久長；南方之強！

　　　　　　　（載於菲律賓中正學院中學部二○○八／二○○九年度
　　　　　　　　　　　　　　　　　　「中正學生」校刊）

第四輯

語文／省思

談中國語文

　　最近在一個偶然的場合裡，認識了一位美國朋友，彼此交換了名片，他竟字正腔圓用「普通話──國語」把我中文姓名的音、形、義都準確而妥貼地說出來；又為我寫下了他（HERMAN BAY）的中文名字──（河門）。除了國語，他還會說很流利的臺山話和廣州話……。

　　我本以為他是最近趕上「中國熱」而學習中文的；誰知他是二十多年前在大學時代就選修過了。他自認很仰慕和嚮往中國文化，所以一直以能說中國話和寫中國字為榮。這使我除了敬佩他開朗的好學精神之外，對他更增了一份親切感。

　　由於他使我想起南美一位熱愛中華文化的愛蘭娜教授（PROF. ELENA RAMEREZ），她以二十多年的時光，從中國學者蕭瑜教授和他的畫家夫人淩孝隱女士全力學習中國的書畫，語文、史哲和三民主義，成為具有中國精神的外國奇女子。不但書畫的造詣高深，說得一口標準流利的中國話，還在南美孟都創辦了「中山學院」，積極傳授中國書畫和語文。後來更以流暢的中文寫成「我愛中國」的專集；對中國青年具有無限深長的激勵作用；使身為黃帝子孫，中華兒女，華僑華裔，以她為榜樣，要更加愛國和維護自己國家優美的文化。

　　十多年前，她應中華文化復興推進委員會菲分會的邀請訪菲，在自由大廈開了一次很成功的書畫展；也訪問過中正學院，以流利生動的國語，呼籲學生們一定要學習中華文化，將來協助實現世界大同的崇高理想。她演講後，當眾揮毫，寫了「世界大同」四字，雄健有力，代表偉大的中華文化精神，又畫了一幅「芭蕉圖」，用綠色象徵和啟示青年要把握寶貴的青春；她還畫了幾枝蒼勁的梅花，希望大家都學習我國國花堅忍不拔的精神。

　　在場的師生們都很感動和欽佩，她的話提醒了大家在還有僑校可念的時候，要趁年輕努力學習中華文化；這是中國人的天賦權利，也是義務和責任！

　　當我有時看到漢文班上大部份的學生都喜歡用英文為將畢業或結業的級友題寫紀念冊的時候，不禁想起那個在馳名世界的「NICOLAIS現代舞團」表演得很好的青年I. BROOKS。這位金髮碧眼的大男孩，在為中國觀眾簽名紀念時，還很高興地加上「謝謝您」三個端正可喜的中國字。

　　事實上，愛說中國話，仰慕中國文化的外國人很多，如果提到中國姓名叫「何瑞元」的美國人，相信很多人都讀過他為臺灣各大中文報所寫的專欄。這位喜愛中國的「美國佬」，在臺灣鑽研了幾年中國語文，成了「中國通」，講得好，寫得更好；文筆流利風趣，很受中國讀者的歡迎。他的成就，對海外的中國人也該是一種很大的激勵。

　　目前世界各國都流行著「中國熱」，學習中國語文的風氣很盛，其中尤以美國為最。不少美國中學和大學都設有中國語文

的選修課程。學生學習的情緒很高。在加強學習（INTENSIVE LEARNING）之下，聽、說、讀、寫方面的成績都有很快速和顯著的進步。

回顧我們華僑社會的青年，一般說來，對中國語文的學習精神都不夠積極，有的甚至放棄中文；這也許和認為在海外不大有機會直接應用的心理有關。其實，中國語文的實用價值也很大；尤其是在有人預言第二十一世紀將是「中國人的世紀」的今日，龍的傳人難道還能不重視和愛護中國語文嗎？

從實用價值來說，中國語文除了是溝通，聯絡我們中國人之間的感情，促進民族團結和發揚中華文化的媒介之外，還是華僑在菲律賓社會中一種很獨特的謀職工具。

華僑社會是個商業社會，在商言商，根據調查報告，凡是和中國人在商業、文化或外交上有關係的外國機構，精通中、英、菲文的華僑華裔是最受歡迎的人才。即使華僑社會徵聘職員，起碼也以中文高中程度，通曉華文為必需條件之一。如能講華語（國語）和閩粵方言的，就更有優先被錄取的機會。由此可見，中國語文不但可愛，也更可用。

新加坡在李光耀總理極力提倡華語教育運動之後，全國通力合作，現在已經達到「以母語（華語）為本，以英語為用」的理想。希望我們華僑社會也能做到以」中國語文為本，以英文菲文為用「的原則，大家為此崇高目標共同努力。

從語言學的觀點來說，中國語文是世界上最具特色的最優美的語文，也是聯合國通用的五種語文（中文、英文、法文、俄文、西班牙文）之一；使用人數最多，全世界約有十億人口使用

它，連日本、韓國、新加坡、越南……等和中國文化有密切淵源的國家都部份使用中文；至於遍佈全球的華僑華裔更不必說了。總計起來，全世界有五分之一的人口是使用中文的。

中國文字不像西洋文字，不是拼音文字，而一字一形體的一個個單字，字形和字音是分開的；是目前世界上唯一含有字形、字音、字義三大特性的表意文字。雖然有國語注音符號的使用，但注音符號只是用來幫助注音的語言符號，並不是文字的一部份。不過，有了注音符號，對於字音和字形的記憶就會方便很多了。

根據語言專家的研究，從應用和藝術的觀點來看，中文是世界最簡易、最科學化和最優美的文字。這也許是我個人的偏愛：中國文字的可愛和奧妙，即使用西洋大哲學家亞裏士多德的「真、善、美」三大標準來衡量，也是相當有意思的。

現在讓我們以許慎的「六書」為例，並略舉幾項特點加以說明一下：

甲、真（依物照理，存真性強）；

（1）「象形」字，是照實物的形體而畫成的字。例如「日」字，篆書作「☉」，「月」字，篆書作「☽」；就似大自然中的太陽和月亮，形像非常真，一看就會認識那是甚麼字。

（2）「指事」字，雖然是用記號造成的文字，很抽象，不如「象形」字那樣根據實物畫的，但是也是根據真的事理寫出來的，所以依照字形的指示，就可以領會它的意思，知道是甚麼字。例如：「上」字，篆書作

「⊥」；「下」字，篆書作「⊤」；只要放「｜」在「一」的上面或下面，就會認識這是甚麼字了。

乙、善（合邏輯，富哲理，結構妥切）：

（1）「會意」字，是由兩個或兩個以上的字合成，而表現一個新的意義的合體字。例如「尖」字，上面是「小」，下面是「大」，上小下大，自然就是尖的了。

（2）「形聲」字，這類字一部份是「形」，表示形狀或性質；另一部份是「聲」，表示它的讀音，是「六書」裡比較多的。

　　例如「河」字，左一半是「水」，右一半是「可」，表「聲」。

（3）「轉注」字，是由同一個意思而造出來的字，彼此的意義大致相同，互相可以做注解的。例如「考」字和「老」字。

（4）「假借」字，是一個兼有許多意思，本來沒有這個字，而是把別的聲義相近的字借來應用。例如「令」字本來是「命令」的「令」；而「縣令」的「令」就是借「命令」的「令」字代替它。

丙、美（音韻鏗鏘，形式雅觀，趣味性高）：

（1）「象形」文字，有書畫同源的妙趣，書道藝術，點劃講究，是世界文字中的特色。

（2）中文是方塊字，四平八穩，富有幾何圓形或建築性
之美。

（3）中文讀音，抑揚頓挫多變化，最有節奏感。

（4）國語四聲，陰陽上去，婉囀悅耳，富有音樂性。

（5）中國詩、賦、詞、曲等的吟誦，音調和諧，溫柔清
麗，或雄渾粗獷，都能傳達精美的情韻，令人回味。

由中文組成的美妙詞藻文字，如對聯、成語、寶
塔詩、圖象詩、拆字、迴文、雙聲疊韻……等，精巧
玲瓏，是世界文學的雋品，有高尚的趣味性和娛樂
價值。

從以上各例看來，研究中國語文的創造原理和結構是相當有
趣味的。如果能夠本著造字的原則來學習，就容易有正確的認識
和記憶的方法；認識多了，自然在看文章，寫文章和說話方面都
會方便流利；應用的信心一定隨之增加；對中國語文的興趣也就
會提高了。

我們的華僑學生，實在是很幸福的，能夠在相當安樂理
想的教育環境裏學習中文，希望都會愛惜和把握寶貴的求學時
代，將中文念好——多聽、多看、多讀、多說、多用——別讓
光陰虛度。

記得有一年「情人節」時，曾經有位學生在作文裏寫道：
「愛……是專心努力把中文學好！」我多希望這句話也會成為我
們每一位華僑華裔青年的心聲！

（晨光文選）一九八九

群策群力‧提倡國語

　　本學院語言中心自去年開辦第一期中國語文講習班以來。深受菲華各界人士之關注及支持；第五期語文班已在吳璐屏、康翔瑜兩位教授的悉心指導下，圓滿結束，於此特致深深謝意與敬意。

　　第六期語文講習班亦將於六月中旬開始受理報名。歡迎僑界工商人士，家庭主婦繼續多多支持。踴躍參加研習，以期提倡國語運動，能得到各僑校的配合，逐漸帶入家庭。

　　積極培養子女講國語及學中文的興趣，提升華文教育水平。更希望華僑社會各界都以提倡國語為重。都能以最近推行節約運動更進一步的精神和毅力，提倡講國語。務求講國語的風氣，由家庭帶入社會，由各社團（如：宗親會、校友會、校總、文總、商總及各宗教團體），群策群力，合作支持，在家庭中，在社會上，尤其是在開會場中，儘量實行多講國語、少說方言，以增進人際關係和團體的合作，造福社會，並共同為發揚中華文化而努力。

　　其實，語文即文化，學習國語國文是薪傳文化的最佳捷徑。

　　從心理學的觀點看來。語文是一種身分。尤其是良好的中國語言表達能力。如正確豐富，在未來的廿一世紀──「中國人的世紀」中，當能在國際舞臺上，扮演重要角色；至少能提高自己

的身分地位，獲得別人的欽羨：至於順利工作經營、改善生活環境，促進文化交流……亦自不待言了。

在全球盛行「學習中文熱」的今天，我們華僑華裔更應以身為中國人為榮；更應以會講中國話為傲。

菲律賓中正學院語言中心

第五期中國語文講習班結業特刊1991

（語言中心主任的話）

指導由詩詞帶動唱學華語

　　經過六密集研習，本學院語言中心第十、十一兩期中國語文學習班，在辛玉蓉、蔡春惠、陳光熙及林照陽四位教授的悉心指導下，已圓滿結束，於此將深致敬意與謝忱。並祝賀全體結業學員，學業事業都能更上層樓。

　　本院語言研習中心為配合華文學校加強華文教育功能，及教師之語文教學技巧，以激發學生對華文華語之興趣，最近舉辦過一場教學專題講座：「如何指導由詩詞帶動唱學華語」，特請自臺灣優秀資深教授：辛玉蓉、蔡春惠、陳光熙及林照陽聯合主持。

　　由於四位主講人之講解精闢，示範生動，手法熟練，將活潑新穎的教學方式，配合講義，指導與會教師、家長、學員與社會人士如何啟發學生對華文之學習興趣，並詳細解答在場聽眾的問題；又承蒙各位來賓的熱烈支持配合，使這場別開生面的教學專題講座，能順利圓滿結束。在會後更獲與會人士之佳評。至今尚聞津津樂道的迴響。在在都給我們很大的鼓勵，也讓我們對推進華文教育的工作，增加了更大的勇氣和信心。

　　在目前的僑校華文教育中，如能於傳統的文化內注入適合時代的思想內涵，結合現代化的聲光科技，利用多元化媒體，使教學形式多元化，生動化。相信必能啟發學生的學習動機，吸引學

習的興趣。而歡樂的詩詞帶動唱，正是一項利用視聽教具，寓教於樂，能夠潛移默化的教學模式：這是結合了音樂、文藝、語文與有關的肢體動作，搭配歌唱遊戲，溶入了和諧與幽默，並以運動方式，團隊的精神呈現，突破傳統的一種教學活動。希望在僑校和僑社的家庭中，能夠多多提倡推進，藉以提升華文教學的成效，並期增加僑社家庭和諧、活潑、歡悅之生活情趣。

讓我們大家共同為華僑教育和社會，開拓更美好光明的遠景努力！

> 菲律賓中正學院語言中心
> 第十堯十一期中國語文講習班
> 結業特刊要要1992
> （語言中心主任的話）

指導由語文遊戲學華文

　　本學院語言中心自四年前開辦語文講習班以來，深受僑委會及菲華各界熱心人士之關注及支持；第廿五、廿六期語文班全體學員，在陳玉群、徐麗梅及林慧華老師的悉心指導下，經過六週的認真研習，得以圓滿結業，於此特深致敬意與謝忱；並祝賀全體學員，學業事業都能更上層樓，日益進步。

　　在僑委會妥善的統籌下，本班今年的學員也特別幸運——受到葛慧娟與馮觀富兩位客座教授在「口才訓練」及「應用文」方面的教益；在此，我們也要向兩位教授致謝致敬。

　　為要弘揚中華文化，加強華文教育功能及教師之語文教學技巧，提高學生學習華文華語之興趣，藉以振興華文，本語言中心今年五月六日主持了第三次華文教學專題講座——「如何指導學生從語文遊戲中學語文「；特別邀請隨同中華民國教授團來岷，擔任「菲華校聯暑期教師講習會」資深優秀講座朱秀芳老師主講。

　　在演講中，朱老師以她豐富的語文教學經驗，現身說法，從闡明語文遊戲的意義，提出菲華僑教語文教學的省思，到分析語文遊戲的重要性；並以簡明生動的教具，示範多種新奇有趣的語文遊戲，指導與會人士，如何用多元化的趣味教學法，引導對學習中文意願低落的學生，能夠「願意學習」，因為學生大都喜歡

遊戲的，如果把學中文透過遊戲來進行，以遊戲為手段，來達成
學習語文目標，這將是一舉兩得的教學法。

很感謝朱老師在演說及示範教學之後，還詳細地解答了聽眾
的提問，做教學經驗的交流；讓數百位來參加的朋友，帶了問題
來，高高興興地帶了方法回去……。

此場別開生面的教學活動，會後深獲佳評，且有不少華校教
師都計畫要多試用「語文遊戲」教華文，推廣這項活潑有趣的教
學技巧——這是令人振奮的迴響，使本語言中心對推展華文教育
工作倍增勇氣和信心。

寓教於「樂」的語文遊戲，是以語文形式為內容的遊戲，
也是富有競爭性興趣味化的教學活動，廣義的語文遊戲，可以使
華文華語的學習過程輕有趣，往往可以達到視、聽、說、演的效
果，使學生多多發揮想像力，而提高語文的表達能力，這是極值
得提倡的教學法。希望華校的教師們都能共同精心策劃，為學生
設計更多更好的多元化的語文遊戲，為振興華文教育的前途，開
拓更美好的明天。

菲律賓中正學院語言中心

第廿五、廿六期中國語文講習班

結業特刊—1994年

（語言中心主任的話）

第五輯

文藝／文化

無言的藝術
——巴黎孟德戈劇團「默劇」觀後感

　　這是一個聲音氾濫的世紀，人類的物質文明越進步，人造的噪音將越多，多到我們幾乎不能再回到精神世界中去安享一分鐘的寧靜。有人預言在不久的將來，電子電腦的發動聲，可能會控制整個地球，那麼，人類的聲音呢？假如人類不再用語言，而只是用面部的表情，軀幹的姿勢和手足的動作來代替思想傳達的話，那麼，這世界將會成為一個怎樣的世界？

　　最近，巴黎孟德戈劇團（Theatre de la Mandragore）的啞劇「幻變」（Metamorphoses）在馬尼拉首次演出，就給我們一個很好的啟示。該團所表演的「無言的世界」，並不如一般人所想像的那麼地寂寞，枯燥而乏味；反之，他們那個強調視覺藝術的舞臺，在表演的過程中，一直洋溢著一種「無言之美」，成為一個多采多姿且熱鬧有趣的大千世界。當然的，那是要看我們肯不肯張開心靈的耳朵去「聆賞」；肯不肯啟開心靈的窗扉去體會它？一切的真、善、美，乃會盡在「不言」中被你摸觸到。

　　在那全部長達二小時的節目中，有喜劇和悲劇，有嚴肅和輕鬆的主題，其中包括了九齣標題短劇。觀眾可以從題目去領會劇情和動作。在以舞劇形式表演的過程當中，除了極少的滲入了古

典芭蕾舞的基本動作和舞步之外；大都是以敏捷明快，自由發揮技巧和情感的現代舞為主。

他們的舞蹈雖不如我國古典民族舞蹈那麼有代表性——以各種舞姿表現我國固有的民族德性，例如：伏覘勢表示忠，回顧勢表示愛，外轉勢表示智，內轉勢表示禮……等；但是，他們的動作，如手足之投舉進退；身軀之俯仰高低；行止和坐臥等本來平凡而呆板的動作都能美化起來。他們以各種意態動作，配合著音樂的節奏和燈光的效果，自然而調和地，襯托出劇情的起伏，也表現出人物的性格和情緒，成為一種「無聲的語言」，發出了感人的力量，喚起觀眾意識上的共鳴。

不過，有的劇情內容的涵義是相當深奧的。如果以欣賞古典芭蕾舞或普通戲劇的那種心理去欣賞這些舞劇是會失望的。因為，演員們抽象而敏捷的動作和舞姿，由傳統的保守的表達方式變成新穎的自由的「自我表現」，使觀眾的思潮可以不受拘束地去聯想，甚至去幻想……從個人的日常生活體驗中，去尋求情節的涵義或主題的發揮。

劇本的題材，多是關於人生在黑暗和光明兩方面的掙紮。主題大都是表現人生百態中的片斷。在表情和動作方面，為了戲劇性的強調；多是誇張手法；雖然當中包括了喜、怒、哀、樂的情緒和是、非、善、惡的行為。

第一個節目「魔屋」（The Magic House），最能表現出演員們擬仿的功力：那兩位扮演「木偶」的演員，在賣藝者象徵性的抽線動作控制之下的機械動作反應，和「真木偶」的反應

完全無異。這種配合無間的表現，非經長期苦練，是絕不能達到的。

該劇的魔術師是全部節目中唯一戴上假面具的人；不過，那面具的本身，並無善或惡的啟示作用，如我們國劇中的面譜所代表的忠、奸、善、惡，演員要用自己變化多端的動作，配合劇中的情節，來暗示它的性質和給予生命。

依筆者的看法，那個面具雖不能顯示出年齡、性別和表情等作用；但它那如西遊記孫悟空的面型，總是有點滑稽而帶著喜劇性的。

不過，此劇的主題相當嚴肅。在人生的過程中，人的心理總是自誇自大的，處處以為可以勝於他人，操縱他人，誰知在命運的安排下，強者或弱者，失敗者或勝利者的地位，不可能明確或永遠地存在，這不是意味著世間萬事沒有絕對嗎？是強是弱，是勝是敗，從另一個角度來看，不過是當事人自己的感受而已。

喜劇成份極濃的「四重奏」（Quartet），「衝突」（The Encounter）和「椅子」（The Chair），演來博得很多的笑聲和掌聲。以小愛神（Cupid）作背景的「四重奏」，兩對男女在不斷的進出混亂之中，配錯了鴛鴦譜。幸而，這「四角亂愛」終於在輕鬆愉快的情調中得到完滿的答案。

以男女老少二代的爭風吃醋為題材的「衝突」是製造最多笑料的鬧劇。色彩明豔的服裝，為該劇增加了不少美感。

「椅子」是最滑稽而富哲理的一個節目。兩個小丑型的人物，為了坐下看報而相爭著一張椅子而不惜用盡千方百計。那些

勾心鬥角的手段，使人想起一些人為了金錢、地位、權勢和名譽而苦苦鑽營的行為。你鄙夷他們也好，你可憐他們也好，劇中人的一舉一動怎不逗起你會心的微笑。

燈光照明控制得最藝術化的悲劇「擒」，在開場時就有一種神秘莫測的氣氛攝住了觀眾的注意力。當那個由三個演員組合而成的，類似八爪魚的怪物在暗淡的照明下，依著徐緩的音樂蠢蠢欲動時，那三對向四面八方不斷地伸縮的手和腿，便產生了極富節奏性的象徵遊泳的動作，將整個黑黝黝的舞臺立刻幻變成一個深沉的大海，為那個浮沉著的泳者設下了陷阱，終於將那不幸的人吞噬了。全劇便在緊張和失望的情緒之下結束。使人看後有一種沉悶之感。所謂善惡之爭，勝利到底誰屬的疑問，不禁為之油然而生。

主題劇「幻變」是壓軸戲，類似大團圓的場面增加了愉快輕鬆的情調。各式各樣的角色中包括了：土包子，紳士，學者，乞丐，修女，蕩婦和流氓……等各階層的人物。他們在短短的十幾分鐘內，進行著一連串姿態，動作，表情和情緒的變化，使人幾乎目不暇給，整個畫面，一直保持著均衡美。在各種舞姿中，象徵女性溫柔的流線型的舞步和男性有力的直線型的動作，有時成為強烈的對比，產生清新的風格和不同的韻味。

「幻」劇使人意味到人類生存於萬花筒般的世界中，不滿現實，冀求掙脫人性的枷鎖，只有在幻變中才能得到解脫。

大體上說來，孟德戈劇團的演出是令人讚賞的，至少，他們把一種新的戲劇形式介紹了給菲律賓的觀眾。編舞專家兼導演梅特林（Wolfram Mehring）的手法的確不同凡響。他不但在舞蹈

和戲劇藝術方面有極精湛的素養；而且對人生的觀察和體會也很深刻。所以他能把日常平凡的動作百態，加以蛻變和美化，使劇中的一切動作和舞姿都蘊藏著生活的意義；也使演員和觀眾的精神融和無間，達到娛人樂己的理想境界。

這些默劇都是以動作表情為主，好比在國劇中的做表工夫。演員們對於眼、口、手、身、步的使用，都要控制得宜，和化裝、音樂等更要配合適當，才能收到完滿的效果。他們那些象徵性的動作，美化的臺步，簡單的道具，明顯的節奏：這些都會使我們聯想我們國劇的優良特性，我們如果能好好的恢復我們古舞中優雅溫文的舞姿，發揚國劇的忠孝節義的傳統精神，配合了現代西方的戲劇和舞蹈的表現手法，精益求精，創造出一種更進步的戲劇和舞蹈形式，這將是響應文化復興運動和慶祝今年「戲劇年」的具體表現。

菲律賓戲劇近年來非常熱心於劇運的推行，其中以全菲教育戲劇協會（Phil.- Educational Theatre Association）的工作最積極，也最有表現，這次孟德戈劇團在菲的演出，即該會與菲律賓的德國文化中心（Goethe Haus）和法國文化中心（Alliance Francaise）聯合主持的。

該會今年暑期還特禮聘德國著名默劇演員兼導演羅夫・莎爾（Rolf Scharre）來岷主持劇藝理論與實踐研習班，特別注重表情與動作的示範指導。全菲戲劇工作者報名參加者非常踴躍。

至於舞蹈團體方面，在這幾年來也有新興的現象。自從極負盛名的，菲律賓女子大學的巴雅尼罕民族舞蹈團（Bayanihan Dance Troupe）於去年作世界巡迴演出榮歸之後，無疑地給予其他

舞蹈團很大的鼓勵和刺激。其中如Pamana Dance Theatre和Hariraya
等都在擴大組織和活動的範圍；尤其是後者，因最近有機會參加
臨菲表演的俄國Bolshoi芭蕾團的演出，身價百倍，名揚全菲。

　　寫到這裡，不免要談到菲華的劇運。我們華僑戲劇界近年
來在幾位熱心的人士的重振下，已有冬眠複甦的可喜現象；不
過，舞蹈界方面，似乎未見有什麼大規模的活動。當然的，劇運
拓展，不可能見效於一朝一夕。這條路是艱巨而遙遠的。我們不
但要靠社會人士給予長期的支持，還要靠文化界的人士衷誠的合
作；尤其是文學、舞蹈、戲劇、音樂和美術界的人士們，如能共
同創作的話，那麼，新穎驚人的作品，必能指日可待的。

載於「劇與藝」第11期

（一九六九）（五十八年・夏・馬尼拉）

文化的承傳與創新
——提倡文藝、推展華文

　　今年是中華民國的「文化建設年」，菲華文經總會聯合文藝界在慶祝「五四文藝節」的晚會中，特別安排多項別出心裁的精彩節目；不過，我們希望菲華社會對文藝活動的重視，支持與推展，是不僅在於一年一度的「文藝節」，而是期盼有志之士，平日能多倡導文化藝術風氣，多培養文化藝術人才，使文化藝術的節目製作，能推陳出新，精益求精，以更富趣味的多元方式呈現，讓僑胞們在愉悅喜樂的文化藝術情境中，潛移默化，豐富生活的內涵，提升生活的品質。

　　菲律賓中正學院語言研習中心，為要弘揚傳統中華文化，提供教育界，文藝界及社會人士更多觀賞我國傳統藝術的機會，以期配合華文學校加強華文教育功能及教師之語文教學技巧，並由提倡「說唱藝術」，增濃僑社家庭之活潑愉悅之生活情調，特訂於本月八日（星期六）下午二時半，假座該學院中正紀念堂，舉行第二次華文教學專題講座「如何指導由說唱藝術學語文」。此別開生面之講座，係由自臺灣禮聘之資深優秀講師華美玲、潘蓮丹、蔡淑芬聯合主持，三位老師將從介紹說唱藝術（相聲、雙簧、說書、彈詞、數來寶……），到教學中利用說唱藝術的指導方法；進而說明如何發揮說唱藝術的特

色……為有心運用新穎語文教學法之教師，提供最具體生動、實際有效的教學技巧。

華美玲、潘蓮丹與蔡淑芳老師亦將以最真實的形式（如數來寶、相聲、雙簧……」配合精彩特殊的道具，呈現中國說唱藝術樸質之美，提供與會人士對說唱藝術認知和欣賞的情境，以增進僑胞對說唱藝術的能力，並且以傳統技法，注入時代精神，使觀眾從傳統與創新的不同風貌中，領略到說唱藝術的特殊風格，而會激發欣賞及學習的興趣，來落實承傳與弘揚中華文化的理想。

相信僑校教師，文藝界人士，關心僑教的賢達及家長，必能把握此難得的機會，踴躍出席觀摩欣賞。

中華文化博大精深，可以源源採擷不盡，傳統是縱的，現代生活是橫的，我們能夠承襲過去的傳統，以現代的生活為發展，就會有新的藝術產生。「說唱藝術」是我國各地極受民間歡迎的傳統藝術文化，和菲國近年流行，很受中菲青少年喜愛的——輕快活潑而富奏感的即興「脫口秀」——RAP頗有異曲同工的妙趣；年輕人特別重視「聽」的感受，而我國的說唱藝術正是訴諸聽覺的一項極有力的「口傳文學」形式；如能巧妙運用；以說唱的傳統技法及特殊的道具，配合注入時代精神的腳本；加上適當的肢體語言，相信在激發青年人對中國「口傳文學」的欣賞與創作，甚至對華語華文的表達能力，必有所助益。希望這是一道拓展華語文的理想途徑。

今年慶祝「文藝節」的活動，多由菲華青年主持，是令人欣慰的好現象；能夠鼓勵新生代從事華文寫作，以華語溝通，參予

僑社各種文藝活動，培養青年對中華文化的熱愛和承傳……這都是很積極的措施，期盼教育界和文藝界的朋友與家長，都能為此集思廣益，共同努力。

載於「五四文藝節特刊」（一九九三年五月）

清澈的源頭活水
——女人是家庭幸福喜樂的泉源

　　一九九二年是中華民國的文化建設年，在慶祝國際婦女節的今天，更令人想到婦女在弘揚中華文化與建立幸福美滿的家庭理想中，應如何扮演重要積極的角色；希望大家都能莊敬自強，達成齊家興國的神聖任務。

　　真期盼我們菲華婦女能充實精神生活，培養讀書興趣，建立書香家庭；增進藝術欣賞能力，提高家人的生活情趣；也要發揚我國女性傳統的儉樸勤勞的美德，以消弭社會的奢靡風氣……這都是文化建設的重要環節；而「文化是生命的活水」，專家認為除了自我的努力作為，同時來自民族文化的傳承。

　　最近在臺北召開的世界華文作家協會第一屆大會的主題之一是要「發揮文藝力量滌清社會功利污染」；發人深省。

　　當今菲華社會，是個功利主義的商業社會，有時真是所謂「功利當先，公義不彰，重錢財，輕道德」的社會；身為婦女，應如何配合社會群體的力量，發揮文藝的功能，來「彰顯真善美，提高生活品質」？這是目前亟待解決的家庭教育課題。

　　暑假將至，今年又是「文化建設年」，國民的生活品質要求也日益精緻；我們菲華婦女，要運用巧思，為孩子及家人安排充實而有意義的藝文休閒活動，諸如：聽音樂會，看展覽，逛書

店，上圖書館，看藝術表演，參加才藝班或海外旅遊……讓孩子，家人和自己都有機會接受藝文的薰陶；豐富精神食糧，淨化心靈世界。

中華文化復興運動委員會菲分會，多年來在自由大廈主持的「菲華暑期文教研習會」所開辦的：中國語文班、青少年中文寫作班、書法班、國畫班、珠算班和舞蹈班，都歡迎各界人士參加進修，以落實弘揚中華文化的宏旨。

希望菲華婦女姐妹們能幫助，輔導年輕一代的華裔欣賞和接受祖國文化的博大精美；同時也能瞭解其他國家不同層次的文化，來開拓他們接納的胸懷；擴展他們生命的視野。

時代潮流的邅變，生活的環境也隨之變遷；但菲華婦女對社會的責任感不能變，尤其是對第二代延續中華文化命脈的工作需要盡心力。

縱使現代婦女應放眼世界，立足社會，投身於內外兼顧的生活環境；她的心靈，還是要歸向家庭；她始終是家庭的精神支柱；也是家庭的精神活水。她要時刻充實自己：自我成長，自我超越，發揮潛能，貢獻才華；與家人親友共賞她心湖上亮麗的「山光雲影」，共用她心靈中清澈甘美的「源頭活水」──幸福喜樂的源泉。

原刊於菲聯合日報慶祝一九九三年婦女節特刊
轉載於《菲華文藝選集》第一輯（一九九六年）

傳承與弘揚中華文化的省思

多年前，筆者有機會參加在馬尼拉召開的「第二屆亞洲華文作家會議」，領悟到「集思廣益」「以文會友」之餘，也體會到文學、語文和教育關係的密切，更瞭解到中華文化的博大精深，和中國語文的優美可愛，而以身為華人，能以華語與一百多位代表交談，能以華文寫作，又能以中華民族傳統精神思想，深感為榮。

在會場中聽到韓國名詩人許世旭教授，在宣讀論文時，以純正的華語，提到他本人曾經以二十五年學習和三十年寫作中文的經驗，來表達他對中文的嚮往和熱愛。他還用精練的詩來印證中國文字之偉大優美。這對華裔的華文作家是一大激勵。而他以二、三十年的工夫苦修中國語文的好學苦學精神，令我非常感佩，而想到華社有些崇洋至漠視華文；或因學習困難而退的華人華裔，深感可惜；更何況我們在僑居地還能安逸自由地享受學習華語文的好機會，真是多麼值得珍惜慶幸！

華文華語是中華文化的精華，是亟待推廣的。回顧我們的華裔青年，大體上對華語文的學習精神都不夠積極，可能是由於本地不大有機會直接應用的心理所致。

其實，華文華語的實用價值相當大，除了溝通和聯絡我們華人華裔的感情，促進民族團結與弘揚中華文化之外，還是華人華

裔的一種獨特的謀生工具；據說，精通中、英、菲語文的華人華裔，是中外各行業最受歡迎的人才。

中國人期盼的「廿一世紀」經已來臨，由於近年中國在經濟與高科技發展的突飛猛進，已帶動著「漢語熱」風行全球，華語文的重要性，亦自不待言。希望我們華人華裔，能緊握學習的機會，加強謀生的競爭力，將來在國際的舞臺上，扮演重要的角色。

要積極從長培養華人華裔學生，學習華語文和喜愛中華文化的興趣，最經濟的捷徑無如從閱讀和投稿入手；特別是鼓勵學生閱讀同學們的好作品，和投稿自己的好文章，這總會有很大的激勵作用。幸而我們華社報界尚有不少提供學生閱讀和投稿的園地；如《聯合日報》的「學生園地」、「中正文粹」、「華青」、《商報》的「兒童週刊」、「漢語學習報」、「華文教育」、「讀與寫」青年園地，《世界日報》的「小浪花」少年組社員作品專輯以及《菲華時報》的「萌芽」青年園地等，還有菲華文教中心贈閱的」僑教雙週刊「都是營養豐富、淨化心靈的精神食糧。希望教師和家長多多鼓勵子女、學生參閱投搞。

至於課餘利用校內校外的圖書館，或上網站閱讀課外讀物；在閒暇參觀中華文化展覽、看中國藝術表演、學習唱中國歌曲和學習中國民俗手工藝等，都是開闊文化視野，提升精神生活品質的休閒活動，值得提倡。

談到中華文化的傳承與弘揚，猶記多年前，菲律賓中正學院中國語言研習中心，在暑期舉辦了「如何指導由說唱藝術學語文」的華文教育專題講座；此別開生面的語文講座，是由臺灣禮

聘的資深講師：華美玲、潘蓮丹與蔡淑芳聯合主持。三位講師以最真實的形式（如相聲、數來寶、雙簧和說書等）配合精彩特殊的道具，呈現中國說唱藝術之美，引人入勝。

這場語文教育講座，旨在弘場中華文化，提供教育界、文藝界及社會人士，更多觀賞中國傳統藝術的機會，以期配合華僑加強華文教育功能及教師之語文教學技巧，且以傳統技法，注入時代精神，使觀眾從傳統與創新的不同風貌中，領悟到說唱藝術的特殊風格，而能激發欣賞的興趣，來落實傳承與弘揚中華文化的理想。

暑期已至，華社有不少深具教育意義的活動，提供我們的幸運學子們，善用漫長的暑假進修。在本地舉行的，如：

（一）商總配合校聯及中國華文教育基金會聯合主辦的「中華文化夏令營」，（二）靈惠中學主辦的「靈惠華文夏令營」，（三）中華文化復興推進委員會菲分會主辦的「暑期文教研習會」，（四）菲華宗聯主辦的「宗聯華語文班」，（五）慈濟慈善基金會菲分會主辦的「大岷區親子成長班」，（六）馬尼拉佛光山主辦的「暑期華語兒童班」，（七）菲律賓中正學院中國語研習中心主辦的「實用華語班」及中正學院大學部主辦的「漢語入門」，（八）菲律賓陽輝文化交流協會主辦的「國畫書法班」等。

至於安排到國外進修的組織，有：（一）菲華青年服務團主辦的觀摩團，（二）僑聯主辦的「華裔青年語文學習班」，（三）中正學院辦理的「暑期菲華學生上海漢語進修團」，（四）陳延奎基金會主辦，中正學院協辦的「暑期菲華學生北

京漢語進修團」，（五）菲華教中心主辦的「華裔青少年北京漢語夏令營」，（七）馬尼拉愛國中學主辦到廣州進修的「華語學生夏令營」，（八）菲律賓石獅同鄉會主辦的「青少年夏令營」等。

　　還有很多宗親會屬下的華文教師聯誼會，也分別舉辦暑期族生學習班，由熱心奉獻，犧牲暑期的族師，安排華語文、閩南語、數學及其他寓教於樂的活動，以加強族生的語文表達能力和信心，與發掘有潛力的人才，深受族親及社會的肯定和讚揚。

　　基於時代變遷，我們目前一百三十餘家華校，辦學的宗旨在於傳承與弘揚中華文化，培育「具有中華文化氣質的菲律賓公民」。可惜自從華校菲化以來，以商業為重的社會，有了很大的轉變，偏重於知識的灌輸；且公民道德課程，各華校皆未能納入。一般說來，多是重教不重管。很多學生的行為規範，無所適從，導致社會的人文道德精神日見低落……

　　這是中、菲公民道德教育的隱憂！希望華校的教師，能夠了解身處多元文化的環境，認真設法充實中華文化的內涵，豐富人文教育的素養，應用新穎的多元化媒體及突破傳統的教學技巧，於授課中，能隨機融入中華文化的倫理道德思想，介紹中華民族的優良傳統及國粹，引導學生，以身為華人華裔為榮，進而激發其熱愛僑居地的國家，也愛中華的情操。

　　我們希望土生土長的華人華裔學生，不但會說流利的菲語和英語，也會講通順的方言和華語；不但知道有RIZAL，也要知道有孫中山；不但認識BALAGTAS，也要認識李白和杜甫；不但會講到「NOLI」和「FILI」，也會講到「論語」和「三民

主義」；不但會提到PLATO 和ARISTOTLE；也會提到孔子和孟子；不但嚮往科學中的太空和火箭，也會欣賞月宮裏的嫦娥和玉兔；不但只會沉醉於打玩手機和電腦，也要關心到資訊和環保問題；不僅懂得向家庭和社會有所要求，也要做到會感恩和回饋……更要珍惜學習華語文的機會和權利，多多吸收中華文化的精華，愛護中華文化；從「愛」中去瞭解中華文化的博大精深，歷史悠久，貢獻巨大，而樂於做龍的傳人；特別是近年來，中國的經濟和高科技的突飛猛進；最近又有神舟六號火箭的發射及回航成功的壯舉，身為華人華裔更應以此為傲為榮，而奮發圖強，負起傳承與弘揚中華文化的神聖使命！

菲華教育的艱巨千秋大業，前景雖已漸見光明在望，而傳承和弘揚中華文化的長程工作，尚如一場盛大的教育奧運會中「漫無止境」的馬拉松接力長跑。參賽的有心人，必須奮起圖強，發揮潛能，各盡所長，無私無我，集思廣益，傳承創新；同心協力，團結一致；以鍥而不捨的精神，代代薪傳，始能達到光明理想的崇高境界。

（二〇〇六年三月三十日）
原載於世界日報「大廣場」
後轉載於繽紛廣場（二〇〇六年五月）

第六輯

音樂／隨筆

樂韻歌聲往日情

回憶在母校那段最美好的黃金時光裡，音樂之神對我似乎特別恩寵，常常牽引我到一個飄逸空靈的精神世界漫遊，讓我深感有音樂的日子真好！今天，唱歌的閒情逸致淡了，但沉醉在樂韻歌聲的情懷如昔。從記憶的八寶箱中，把玩幾顆心愛的珠璣：每一首歌曲，每一段樂韻，都緊連著串串溫馨可愛的舊夢。

前幾天參加母校高中第十八屆，初中第廿、廿一屆級友的珠禧紀念大會。禮成前，孟德爾松「乘著歌聲的翅膀」的優美旋律輕奏；級友們熱情和諧地合唱珠禧紀念歌：「……回首弦歌地，多少芸窗逸趣……古榕下，任棲遲，晦明風雨時，小樓一角寄相思……。」聽來令人神往。邵院長富感性的典雅歌詞，使我回憶的思緒不禁乘著歌聲的翅膀，隨著時光隧道重投母校溫暖的懷抱。回到校園，徘徊在我最懷念的古榕和相思樹下，細思量，憶往事……。

可愛的相思樹，我懷念她，不只是因先夫芥子曾寫過由名聲樂家歐陽飛鶯女士譜曲的「亞加舍樹下」的情歌，而是她曾多情地倚在我高中課室的窗前，為我招呼亮麗的陽光，安排啁啾的鳥語，為我輕奏曼妙的天籟，帶來作文堂中縷縷的文思。

合作社前的古榕樹，庇蔭過我們的老朋友，我懷念她，也更懷念長居樹旁小樓上面的施夏燦老師。是他，這位風趣樂天的師

長，早年以樂聖貝多芬第五「命運」交響樂第一樂章的四個雄壯有力的音符，敲開了我更進一步和音樂之神結緣的大門，啟發我更喜歡以音樂點綴生活的情趣。

級友們曾經在古榕樹下共同切磋、共同歌唱、共同歡笑和共甘苦過。希望大家記取母校的慈恩，師長的教誨及同窗的情誼。雖然人生的際遇各異，但願大家都以緬懷往日，把握今朝，以信、望、愛迎接未來。在慶祝母校金禧的今天，更要珍惜寶貴的時光。共同努力為母校開創更美好的明日，為自己開創更有意義的人生，充實未來的歲月。

「養浩園」為校友會「綠化」母校校園的一大手筆。園中的校友烈士紀念碑，是宋朝民族英雄文天祥「正氣歌」和岳飛「滿江紅」中愛國精神最具體的闡釋。「化雨亭」，更是我們中正傳統「愛師尊師」情操的最佳紀念禮物；配著簡樸古拙的小橋、流水、沙石……彷彿是詞人馬致遠「天淨沙」詞境的寫照。看了腦海裡不禁油然泛起莊克昌師當年吟誦古典詩詞那種瀟灑自然的神態，他明亮清澈的腔調亦依稀回蕩耳畔。

回到校園，再也望不到那藍白玻璃砌拼的「中正」兩個大字。然而，「中正」的精神，早已發揚光大。我們當長記啦啦隊「中正健兒」這支加油老歌，為國家、為民族、為社會、為母校、為家庭……中正健兒是「永遠勇猛向前沖」的！

操場的旗杆上也再看不到青天白日滿地紅的國旗在飄揚，但「國旗歌」將會常在我們中正人的心頭徹唱。我們中正人，更應體會到「創業維艱，守成不易……勿圖務近功，光我民族，促進大同」的真諦。我相信，我們會把美麗的國徽永銘心版，我也相

信，母校的師長，必定會費盡巧思，讓我們土生土長的「PBC」心裡有國旗！

校園裡過去那兩棵蒼勁挺拔的老松樹也不見了。可是民國三十八年七月，我隨王故校長、周故主任、鮑董事長和玉意、錫民、榮山三位學長在松嶺萬松宮進謁先總統蔣公的深刻印象，以及「要好好地讀書，準備為國家貢獻」的臨別贈言，都在我求學史上永遠留下最珍貴的一頁。

記得三年前，在紀念蔣公百年誕辰的演唱會上，主席鮑董事長致詞，他神情蕭穆，從記憶中侃侃追述蔣公偉大不朽的行誼，詳細親切，長達數十分鐘，毫無倦容，真是老當益壯。我驟然想起，他老人家畢生獻身教育，服務母校半世紀，最難得的是他在古稀之年，仍為母校策劃竭盡心力。而他這「中正屬我，我忠中正。中正為我，我愛中正」的訓詞，也啟發了我為「我愛中正」綜合晚會的主題曲──「我愛中正」的靈感。此曲由蔡珍娜老師譜曲，旋律雄壯，富節奏感，歌詞簡明，易唱易記而口語化，結構重複，以配合活潑有力的節奏。當晚亦由蔡老師指揮小學部合唱團演唱。

正友合唱團將於本月卅日參加的「歡慶金禧晚會」，真可惜，沒有演唱莊克昌師填詞的得意傑作「錦繡河山」，使我未得機會重溫近四十年前新生初次登臺演唱此愛國歌曲的舊夢……記得當時由夏燦師指揮排練，克昌師親身出馬助陣，還生動地張嘴示範，要大家將「……愛我中華，我的家在大野」的「野」字唱作「雅」，以求音韻之美，並再三舉例，強調中國詩詞巧妙的音

樂性，給我留下深刻的印象，以至後來漸漸對中國文學發生濃厚的興趣，也鼓起勇氣往秘奧的西洋文學世界中探索……。

正友合唱團演期在即，刻在積極加油，採取密集式嚴格訓練，務求能達到完美的「零缺點」。校友老中少三代的克難精神極可嘉。他（她）們的歌聲，是「中國人」總體劇場配樂部份的重要環節！其實，在這場空前的盛大演出中，每一個參與工作份子都是重要的「元素」，人人應以參加為榮。

全體中正人，大家不惜一切，在精神上、時間上、金錢上、物質上……都樂意犧牲、奉獻。要達到正如導演王生善教授所強調的，大家要排練到盡善盡美的零缺點……要經過千錘百練，以千百個揮汗的排練鐘點，換取一剎那的永恒！

「中國人」的演出，希望不只是要爭取戲劇藝術上的永恒，而且希望要為母校的校史寫下永恆的史詩！

我不很同意尼采的話：「沒有音樂，生命是一個錯誤」；但我總認為音樂曾經為我闡釋過生命的意義，我雖然未曾正式解過音樂，但我卻感覺到音樂在我的四周，等待我去關懷欣賞，以提升精神的境界。

在人生的旅途上，音樂就如一條曲折曼妙的長河，點點滴滴的樂韻歌聲，也隨著這永恆的河流，滋潤我的生命，充實我的人生。

載於「正友文學」第二集

跳躍的音符
——聞樂隨筆

　　樂壇女強人郭美貞最近帶著她的魔術指揮棒，應邀再度臨菲，在馬尼拉大都會劇院，指揮菲律賓最負盛名的馬尼拉交響樂隊（MSO）與菲律賓愛樂交響樂隊成員的聯合演出；她精湛嚴謹的指揮技巧，又一次風靡了全場的中外觀眾，令人回味不已。

　　猶記二十年前，菲律賓文化中心（CCP）落成時，她率領臺北中華兒童交響樂團，在新穎完備的文化中心極成功地演奏了兩場，為中華民國在國際文化交流史上寫下絢爛的一頁。

　　該臨時組成的兒童樂團，匯合了臺北、台中和台南三市五十四位平均年齡僅十二歲的男女音樂天才。雖然集訓只有一個月，但是基於良好的素養，每場的演奏都有優異的表現。他們嫻熟的技巧，優美的台風，自然的表情和合作的精神，得到聽眾和輿論界一致的讚揚；更使一向不太解中國音樂發展狀況的外國人士，留下深刻的印象。

　　倘若不以成人的標準衡量他們，那些由五十四雙靈巧的小手所奏出的樂音，的確使中外的聽眾大感意外而驚奇。

　　事實上，他們也有水準的演出，不會讓要求極為嚴格的指揮兼褓姆郭美貞失望。

　　當時僑界有位頗有音樂造詣的業餘小提琴手林君，他在欣賞了一場演奏之後，深受感動，慷慨地將自己最心愛的名貴之小提琴割愛贈予其中一位無機會擁有好琴的小天才；這項義舉，一時傳為美談；相信這也是一種鼓勵及培植音樂天才最具體，最有效的崇高的表現。

　　郭美貞早年對培植臺灣音樂天才，亦曾竭盡過心力；至於提倡組織職業交響樂團，更是她在臺灣樂壇上的一大手筆。

　　當晚她穿著玄緞曳地旗袍，充滿自信，大方輕鬆地踏上指揮台，面對著大部分年長的男性樂隊隊員，自然地揮舞著指揮棒；時而以兩手和面部的表情指揮；時而以全身的力量，來表達一種特殊的啟示動作。她的技巧純熟，有時嚴謹細膩；有時熱情奔放；充滿著魔力，讓貝多芬的「命運」交響樂裏每一串音符都注入了蓬勃的生命，活潑地跳躍在她揮灑自如的指揮棒下。

　　特別是第一樂章由弦樂和單簧管合奏的四個簡潔雄壯有力的音符！「達達達達」──為命運之神發出猛烈的敲門之聲……即時緊緊扣住聽眾的心弦。

　　在她豐富的手勢語言示意下，樂隊和諧地逐漸展開全曲：由第二樂章流暢的行板中優美的快板詼諧曲……直至第四樂章的快板終曲，那壯麗雄渾的樂音，與蒼勁磅礡的強力，聽來令人著實感動；亦將樂聖堅毅不撓的戰鬥意志，表達得淋漓盡致。

　　這位樂壇上的「女暴君」，嬌小玲瓏，但極有魄力；對追求藝術上的完美，鍥而不捨和敬業樂業的精神，促成她能在國際樂壇上獨樹一幟；她的成就，絕非倖致。

＊　　＊　　＊　　＊

　　從香樹麗舍大道延伸到協和廣場，澎湃著千萬湧自世界各國的觀光人潮，凱旋門前放射出萬道煙花，散發成陣陣燦爛的流星雨，點綴了巴黎熱情的天空，閱兵遊行，華燈高照，人潮洶湧的廣場，亮麗如畫……是的，這正是浪漫的法國人在慶祝革命二百週年紀念的壯觀；也是來自電視螢光幕裏的特寫鏡頭。

　　在沸騰的慶祝歡呼和嘈雜囂鬧的交響中，由遠而近，傳來一陣女高音深厚嘹亮的歌聲……那位健壯的歌手，身衣紅白藍三色，象徵自由、平等、博愛的長袍，莊嚴肅穆，猶如一座自由女神，站立在群眾推擁著行進的平臺上。她帶領著千萬群眾，高唱著雄壯的「馬賽曲」（LE MARSILLES）……賽納河上的晚風，吹動了她飄逸的衣裳，卻吹不散她充滿強烈戰鬥精神的歌聲。

　　這首當年激發法國人愛國熱情的「國歌」，從雄壯宏偉的樂段開始，直至曲勢逐漸沸騰而終結，全曲深具無比的威力，相信必定會震撼千萬人的心弦，成為慶祝法國革命二百週年紀念的自由偉大之聲。

　　由六月四日到七月十四；從天安門到凱旋門；從北平到巴黎，自由、平等、博愛、該是心手相連……但不知何年何月，天安門廣場上始能聽得到千千萬萬的兩岸同胞齊聲高唱「……心手相連……」的心聲？

＊　　＊　　＊　　＊

　　時代潮流不停地轉變，在廿一世紀將臨的今日，如果有人問：「音樂也有代溝嗎？」相信有機會在最近親臨菲律賓民俗劇場，欣賞過搖滾紅星辛蒂露波（CYNDI LAUPER）演唱的人，所得的答案可能是否定的。

　　為了好奇，便也陪同懿妹和孩子們去趕一次熱鬧，聽說未開場前幾個鐘頭，本地和外國樂迷，男女老少，早就把民俗劇場（FAT）的草坪擠得水泄不通。青春樂迷，雙雙對對；有的全家出動，攜老帶幼，祖孫三代；提前一小時分路在入場處大排長龍；向隅的歌迷，焦急地四面張羅，儘量設法買黃牛票……。

　　當舞臺上最新穎的合成樂器奏出的震耳欲聾的搖滾樂聲響起，身穿深色性感服裝的辛蒂露波，頂著一頭調色羽毛的怪異髮稍；含著滿臉逗趣的笑容，跳跳蹦蹦，以她最獨特的花俏形象出現在萬多個渴望已久的觀眾面前，立刻使全場樂迷陷入半瘋狂的狀態中！

　　大部分樂迷對她的每首歌曲幾乎都耳熟能詳；每當她的排行榜金曲一出口，便紛紛唱和尖叫，甚至手舞足蹈……這種熱情直接感染得臺上台下打成一片，全場轟動，男女老少，有的起立，一邊在原地踏步，一邊拍手唱和；有的一邊左右搖擺，一邊大聲尖叫，來表現他們的喜愛與激情。

　　看到在場不少青年華僑觀眾，亦深受感染，忘形地左右擺動，興奮地熱烈鼓掌……心裏不禁興起無限的感慨。

　　回顧我們菲華僑社主辦的一切藝文活動，青年人主動參加的人數不多；任何精彩的表演，也不易博得觀眾捧場的掌聲……有時還會使人懷疑到我們華僑觀眾的社交儀態和欣賞藝術的眼光。

　　歡迎流行音樂之風吹遍全球，通俗的音樂固然會引起一般觀眾的興趣；而音樂豐富人生，正統的音樂欣賞亦未可忽視，這是培養藝術的品味價值和提升生活素質的問題。

　　近日閱報，欣聞香港藝術中心為普及藝術文化，從明年正月開始連串的免費「觀眾培育計畫」：該藝術中心將主辦「午間的風琴示範表演和黃昏的輕音樂節目」，招待附近工作或路過的人士，在一個舒適寫意的環境，欣賞和接觸各類型的演出……。

　　該中心亦「致力於培育新一代觀眾，為學生安排特別的教育節目，在每一個新學年開始，將邀請各間學校登記參加，安排同學免費參加有關的專案。

　　這真是值得我們菲華社會參考借鏡的教育措施。希望在不久的將來，我們亦能推展更多正統的藝文活動，以潛移默化的力量，為僑社培育良好的觀眾，充實僑胞的正當休閒娛樂，培養僑胞高尚的情操；提升僑胞的精神生活，以端正華僑社會的風氣，共謀全僑的福利。

載於「菲華文學」第四集（一九九四年）

茉莉花變奏曲

慶祝七一香港回歸的大匯演當晚，鐳射閃爍，銀龍騰空，煙花盛開，陣陣五彩繽紛的流星雨，一連串地散落在Victoria海灣上，讓千萬圍觀群眾歎為觀止。岸畔光芒四射的音樂大廳裡，響徹了莊嚴雄偉的慶祝序曲，馳名國際作曲家譚盾，興奮地指揮著香港交響樂團演奏他為紀念香港回歸的「天、地、人交響曲」（Heaven, Earth, Mankind Symphony），這是香港回歸百年盛事中的千載之聲，也是絕非尋常的世界首演大手筆。

名音樂家譚盾自湖北出土的戰國編鐘擷取了創作的靈感；更從這神秘古老的編鐘聲裡，感到它在詠歎著香港輝煌的過去與未來；由中華編鐘樂團以這戰國編鐘的複製樂器敲奏出來的神秘悠揚的鐘聲，確是不同凡響，扣人心弦。

螢光幕上，頗具大師風範的馬友友，以他的神弓在琴弦上源源地引出陣陣低沉豪邁的樂韻，溫文爾雅，自信而滿足的微笑，令人不禁聯想起他的宿願：「奏響編鐘，大提琴與兩千四百年前的聲音一起吟唱，那是我最深的夢……」。

在管弦、編鐘與大提琴美妙的交響聲中，作曲家和諧地融入了香港葉氏兒童合唱團清純活潑的歌聲：「……好一朵美麗的茉莉花，芬芳美麗滿枝椏，又香又白人人誇……」我國江南

民謠「茉莉花」自然簡樸的詞意，配著婉轉流暢的和聲變奏，令人神往。

這首東西合璧，涵泳古今中外的「天、地、人交響曲」，奏出了中國天人合一，落葉歸根的人生哲思，和諧清純的童聲合唱，歌頌茉莉花的純潔芬芳可愛，更象徵著香港回歸祖國後的和平及光明的前景。

「茉莉花」是我國流傳久遠的江南民謠，也是深受民間喜愛的抒情小調。旋律婉轉輕鬆，詞意簡潔，表現出一種淳朴優美的感情。它不僅在中國各地廣泛地流傳，還被選用到不少民間樂曲中，成為一個很受歡迎的曲牌。

據說在十八世紀末葉，它就流傳到歐洲、和美國……成為中國民歌的典型傳播……。義大利哥劇大師普契尼（Puccini）即採用「茉莉花」的優美曲調，作為他的傑出「杜蘭朵」（Turandot）歌劇的重要素材。

猶記多年前，在菲文化中心（CCP）首次欣賞到外國藝人演出的這個極富東方情調的大型歌劇，使我最難忘的一幕，就是杜蘭朵公主的宮女，以我國民謠「茉莉花」的變奏旋律，唱出對劇中波斯王子同情的心聲，那耳熟能詳，柔和優美的曲調。使我油然興起遊子驟聞鄉音的感受和驚喜，倍覺親切溫馨，心弦顫動，不能自已……。

最近欣聞普契尼這齣極愛歡迎的「杜蘭朵」歌劇首度在歷史實景──北京紫禁城太廟前盛大公演，由大指揮家梅塔指揮，中國電影名導演張藝謀執導，義大利知名藝人擔綱，動員千餘位人

員落力演出，風靡全城。可說是中外劇藝首次合作的里程碑……
未知國內欣賞該劇的同胞，在飽餐這場藝術精神盛宴之餘，是否
亦有倍覺親切之感？

對有心人來說，單就有幸親臨太廟前見證這中外合作交流的
藝術創舉，當足以值回最高的一千五百美元的票價了。

正如評論家余秋雨在接受電視臺訪問時所說的，該歌劇的演
出，是比較有開創性的文化交流，深具中國傳統性和藝術性的震
撼力……。

這也可能是廿一世紀將臨之前，在中外劇藝合作交流史上，
值得大書特書的一頁。

我國民謠曲牌「茉莉花」，深受民間普遍歡迎和喜愛，相
信外國的知音亦應不少，而令我最懷念的，該是曾經在菲民俗劇
場（Folk Art Theatre）演奏自編（Jasmine Flower）（茉莉花）的
薩克管高手Kenny G，這位爵士樂演奏名家，多年前應邀來菲獻
藝，他神秘奧妙的表演，引人入勝，聽得樂迷如醉如癡。

演出當晚，菲民俗劇場擠得水泄不通，樂迷都渴望飽嘗一場
爵士樂饗宴。

在強烈的燈光照明下，Kenny G.瀟灑的身影彷彿籠罩了一團
薄霧，那支閃亮特製的薩克管顯露在他長長的髮捲，隨著他巧妙
純熟的輕撫，源源地流瀉著串串低沉高亢，委婉抒情的音符……
他精力充沛，中氣十足，始終保持著愉快的心情，帶動著全場數
千樂迷熱烈的共鳴；特別是闡釋「Jasmine Flower」的小品時，
徐緩優美的旋律，伴著低沉渾圓的音色，輕盈地跳著西方的舞
步，飄逸生動，彌漫全場，逗人遐思，那親切淳樸，似曾相識的

輕緩柔美旋律，彷彿來自江南的水鄉；又似馬尼拉海灣拍岸的潮汐綻放的朵朵浪花，幻變成潔白可愛的茉莉，舒放在我溫馨的心田上，這該是他匠心獨運，從我國江蘇民謠「茉莉花」的曲調觸發靈感完成的變奏精華，聽來令人陶醉，著實使我一曲難忘……。

我國傳統的音樂寶藏，珍貴豐富，採之不竭，國人應樂於與外邦愛樂者分享，何況音樂是世界共通的語言，也是東西文化交流極受歡迎的媒介，在國際「地球村」的美夢日漸成真的今天，人類應要音樂，不要戰爭！期盼我們的音樂代言人，立足國土，放眼宇宙，運用新時代的作曲技巧，融合我國傳統的文化結晶，創作富有中國民族風格的傳世之寶，造福世界樂壇。

載於「菲華文藝選集」第二集（民國八八年）

漁光曲的省思

「雲兒飄在海空，魚兒藏在水中。早晨太陽裡曬漁網，迎面吹過來大海風。潮水升，浪花湧，漁船兒飄飄各西東。輕撒網，緊拉繩，煙霧裡辛苦等魚蹤。魚兒難捕租稅重，捕魚的人兒世世窮，爺爺留下的破漁網，小心再靠它過一冬。」

說來真耐人尋味，這支純樸簡潔的三十年代流行的歌壇小品「漁光曲」，是我年輕時代就情有獨鍾的老歌。由少年聽到白頭，越聽越有意思。從歌星王人美清純舒緩的獨唱……到最近訪菲「上海文新女記者合唱團」和諧協調的合唱，那感情頗濃的歌詞，蒼涼緩慢的旋律，往往為我帶來親切溫馨的聯想……在不同的欣賞層面上，又激發了我不同的靈感：尤其是當我參加了教育工作的行列以後，這首歌便給予我更多的啟示。

我嘗想像在海外立志弘揚和薪傳中華文化的教育工作者，在中華文化浩瀚精深的海洋上，就如出海捕魚的「漁人」一樣，在晨曦中迎接中華文化的曙光，面對中外文化浪潮的沖激，有時難免會迷失了掌舵的方向，無所適從……但總得認定目標，如出海的漁人一樣——乘長風破萬里浪，發揮冒險犯難，堅毅不撓的精神，勤勉互助，同舟共濟……即使清苦的教育生活，未能事事順心，亦能擇善固執，敬業樂業；不僅悉心，耐心，以愛心提供學子鮮美豐富，淨化心靈的精神食糧；滿足他們求知若渴的願望。

在傳道，授業和解惑之餘，更要傳授「垂釣」、「撒網」、「結網」及「補網」等謀生技能；培養他們有傳統的氣質……將來「出海」始能「滿載而歸」，以回饋家庭，學校，社會和國家，並造福環宇……。

　　在薪傳中華文化之中，我們當飲水思源，不可完全揚棄老祖宗留下的文化舊包袱，不能數典忘祖，但也不要抱殘守缺，而該去蕪存菁，突破傳統，求變創新……在承傳中華文化的大海洋上，應緊隨世界潮流的走向，對新科技的背景知識，都要好好學習和掌握。根據專家的研究，「具備背景知識，才能吸收新知」；背景知識就如在知識海洋中可捕大魚的密網……做教師的人，要研究學問，薪傳文化，常識和背景知識必須豐富。在浩瀚的資訊海洋裡，想要得手應心，逍遙自在，就得趕上新時代，擁有時代科技的知識，與如電腦網際網路的聯網，上站流覽等技能……。

　　中華民國僑務委員會，近年為了因應資訊時代的來臨，及力求突破傳統的學習模式，並協助海外華僑推展華文教育，發揚傳承中華文化；使華文教師能帶領學子遨遊華文網路世界，探索無限的知識海洋和天空，設立了「全球華文網路教育中心」，推廣宣傳華文網路教育，在海外特別培訓華文網路教學種子師資。

　　「學海無涯，唯勤是岸」，教師本身不僅要多多把握在職進修的機會，更要常常鼓勵學生終身學習；而現代人類學習的理念，是在於結合學習與工作為一體，倡導「從工作中學習，與學習去工作」，這是為了對多變社會的調適；除了重視專業能力，

更重視學習能力，傳統的「活到老學到老」已轉變為「學到老活到老」，而且能夠「活得更美好」！

載於「菲華文學」第七集（二〇〇三年）

第七輯

節慶／紀念文章

青年節，致青年「中正人」

「青年節」是屬於青年人的；也是一個讓人緬懷過去，把握現在和努力未來的偉大節日。

三月，是令人振奮的月：七十多年前的辛亥年，當江南正是草長鶯飛的時節，在多難的廣州有一群愛民族愛國家的青年，以大無畏的精神，先為光輝的十月綻放了爭取民主自由平等的革命之花。

在菲國日據時期，也有一群熱血的青年「中正人」，曾經在菲華歷史的舞臺上成功地演出了轟轟烈烈的一幕；每年在母校舉行的青年節紀念會，烈士紀念碑前的浩然正氣，都予人大大的震撼；尤其是「中正人」，從莊穆的沉思中，更能體念到繼往及開來的神聖任務。

這段英勇的史實，使「中正人」深以為榮。但緬懷先烈前賢的豐功偉績，今日的「中正人」，在世界風雲變幻，國事紛紜之際，該興起如何效法先烈前賢的精神之念；要立下淩雲的壯志，培養高尚的情操，發揮天賦的才能，以有所作為，貢獻民族國家。

我深知大多數的年青「中正人」都是（PBC）——是生長在菲律賓的華人華裔；但我不希望你們像美國一般的「ABC」那樣

排斥和摒棄中華文化。最低限度，我希望你們不但會講流利的菲語和英語，也要會講通順的方言和中國話。

我希望你們不但知道有RIZAL和ABAD SANTOS；也要知道有孫中山和文天祥；不但認識BALAGTAS和VILLA；也要認識李白和杜甫；不但會談起「NOLI」和「FILI」；也會講到「論語」和「三民主義」；不但嚮往科學中的太空人和太空梭；也會欣賞神話裏的嫦娥和玉兔；不但有興趣於錄影帶和伴唱機；也要關懷到資訊發展和環境淨化等問題……。在多元的文化中，物質文明和精神文明都是充實和提升生活素質的泉源。

你們是年青的「中正人」，要珍惜求學的機會和受教育的權利；要多多啟迪智慧，發揮潛能；要多多吸收中華文化，愛護中華文化。從「愛」中去瞭解中華文化的博大精深，才會真真正正的以她為榮。

教育家馬斯羅（A‧MASLOW）曾把人類的學習過程分為四個階段：求溫飽，求安全，求相愛關懷與求內心的成就感；相信這也可能是你們青年人生活中追求的一些美夢。不過我要提醒各位：當你們的美夢成真的時候，請別忘記回饋你的父母，師長，母校和社會國家！

我最希望你們和你們的子孫，世世代代，都成為振興僑社的中堅；是發展菲國的重鎮；是闡揚中華文化的龍的傳人。

最近，校友會正推行一系列意義深長的活動。例如輔助「正友就業」和「小型奧運會」，這都是「德智體群」四育皆備，最能發揚中正傳統精神的具體措施。

　　今年是龍年，我相信青年的「中正人」都會振起「龍馬精神」，熱烈參予各項活動，馬到成功！

原刊於菲律賓中正校友會會刊

轉載於中正校友會

慶祝五十周年紀念特刊

（一九九九年）

晨光照在仙爹戈古堡上

　　一百年前，法國基於「自由、平等、博愛」的精神，以「自由女神」塑像贈予美國人民；今日，晨光文藝社同樣本著愛好自由和平的意願，特將刻有詩人陳天懷五言古體中譯——黎剎訣別名詩的銅牌，奉獻仙爹戈古堡黎剎紀念館，向最偉大的菲律賓民族英雄，致崇高的敬意。無疑的，這將在中菲文化交流及友誼史上寫下極珍貴的一頁。

　　巴石河的流水，淘盡了多少的英雄人物；而斑駁蒼涼的仙爹戈古堡內的扶西‧黎剎（JOSE RIZAL），英名長留青史；他就義前的訣別長詩，慷慨激昂，大氣磅礡，永為世人傳誦不絕。

　　今天，你會看到這座歷盡滄桑的紀念館中的民族英雄蠟像，換上新裝，更顯得神采奕奕，這位生前不諳中文華語的偉大華裔，英靈有知，他將傾聽到川流不息的遊客，為他以鏗鏘的華語。吟誦中譯的詩篇而感到欣慰、無憾。

　　菲華傳統詩人若谷先生，以悲天憫人的襟懷，風雅雄健的筆鋒，半年苦下工夫完成黎剎名詩中譯的傑作，使仙爹戈古保陰森悽愴的監獄，從此瀰漫著凜然的正氣，與文天祥成仁取義的精神千古輝映。

　　還有那銅牌上雍容端莊的方塊詩句，在不同國家的譯文叢中，更為悠久的中華文化發射出燦爛永恆的光輝。

　　但願古堡中的詩聲，隨著巴石河淙淙的流水，流向無窮的歲月。

　　「晨光」──將永遠照耀在仙爹戈古堡上。

載於公理報「晨光文藝」版

傳統・蛻變・創新

——藝宣總隊創隊四十周年舞蹈晚會

　　亮麗的藍天白雲，清新的紅桃綠柳；一對對充滿青春氣息的男女舞者，活潑輕盈地旋轉飛舞……以純熟靈巧的舞步，交織著一幅幅如春風拂柳般溫柔醉人的江南春色，為這深具意義的創隊紀念舞蹈晚會，揭開光明歡愉的序幕。

　　在「蝶戀花」濃厚中國情調的甜美旋律輕奏之下，女舞者逐漸含苞綻放；男舞者次第掙扎破繭而出，正象徵了該舞蹈隊四十年來的艱辛磨練歷程，終於掙脫傳統的束搏而蛻變、創新——這是菲名編舞家GENER CARINGAL別出心裁的含蓄手法，發人省思。

　　爵士芭蕾「心情與色彩」，啟幕後，燈光漸亮，靜止的男女舞者，五彩繽紛的服裝，配著路燈、長椅、圓桌、臺階……使舞臺上立刻呈現出一幅靜態的都市風情畫，直至新潮的配樂響起，眼前靜止的素描，驟時轉變成生動的現代水彩速寫，使人目不暇給，悠然神往。

　　以透明闊幕象徵男舞者許書仁的夢境，是編舞家Manuel Molina的一大手筆；法國情歌的配樂，也為這場極羅曼蒂克的雙人舞烘托出醉人的情調，更讓這對男女舞者（許書仁與吳少青）舞出青春，舞出歡樂。

紅衣舞者黃惠芳熱情奔放的舞技，亦相當凸出，是她的「大膽」作風使男舞者輾轉於靈與肉之間，幾至不能自拔……。

在這出新潮的爵士芭蕾舞中，舞者以相當複雜的肢體語言與繽紛的色彩，熱烈地舞出各種多姿多采的心情世界，使觀眾的心情也自然地隨著舞者的投入而改變……然而，其中有小部份雙人舞中力與均衡美結合的動作，可能過於開放，也許未必為一般的觀眾所接受。

民族意識相當濃的「這裏不是美國」，一開始就吸引住年青的觀眾，熱烈的掌聲四起；節奏強烈的主題曲「This Is Not America」裏極美化的歌詞，配著一大群紅衣土著的舞者，瘋狂地跳著高山舞，構成充滿幽默諷刺意味的場面；給「美國月亮特別圓」的崇洋者當頭棒喝；在舞者將象徵美國人山姆叔叔（Uncle Sam）的高帽子和代表菲律賓人的尖頂竹帽（Salakot）分別懸掛在佈景上的東、西兩端時，掌聲又響了起來……觀眾的情緒，異常熱烈。

假如將兩頂帽子的位置互調——高帽掛在西；尖頂帽懸於東，這也許更能強調「保持本國文化」的主題。

在「I Am Lokal」的歌聲高唱中，李天壽與賴愛仁的雙人舞表演得相當出色，輕盈靈巧的投懷和敏捷有力的反應，呈現出陰柔與陽剛之美。

欣賞了留美編舞家Jojo Lucila 這齣名為「Si John De La Cruz」的菲民族現代舞，想起最近報載蜂省議會將請菲國會立法禁止用外國姓名作為菲兒童姓名的消息，不禁發出會心的微笑。

洋溢著詩情畫意的「八仙過海」古裝舞劇，幕啟處，三對扮飾海馬的健美男女舞者，平臥舞臺上，每人背著由嬌巧玲瓏的娃娃扮飾的粉紅色小海馬，依著柔和的音樂，表演著富有節奏感的韻律動作，將海底可愛的奇景生動地呈現，為觀眾帶來賞心悅目的畫面。

清逸俏麗的金魚仙女（施麗娟），服飾獨特，隨著溫柔的海藻之舞登場。她在優雅的旋律輕奏之下翩翩起舞，曼妙婀娜的舞姿，在舉手投足之間，融和了細膩精巧與美感；令人勾起思古之幽情。

依平劇造型扮飾的八仙，扮相還逼真，可惜有的動作不夠自然，這也許是由於年齡的關係。在與金魚仙女及水族群混戰的一幕，如能配以明滅相間的燈光，效果可能會更理想。

編舞高手Gener巧妙地安排以下降的祥雲，象徵八仙的蓬萊仙境；而使觀眾最感興趣的道具，該是八仙與金魚公主和好後共同渡海時所乘的綠葉——那如「慈航」般的放置在滑輪板上的大片綠葉。這是舞蹈策劃施麗娟匠心獨運的，為渡海一幕掀起高潮的傑作。

壓軸舞碼「大判官」是傳統與現代交融的古裝舞劇，富有幽玄之美。

大判官的造型是根據平劇中後門神鍾馗的面譜為藍本；兩目炯炯有神，大放光明，象徵眼睛雪亮，擁有正義之光；能辨是非善惡，正是判官所具備的基本條件。

將舞者的面具放置腦後，讓真面目有機會顯露，是悉心的安排；大判官從大型面具中出場，趨向觀眾時口噴火花——象征判

官之口出正義之言，更是一種控制不易的特技，可惜燈光效果未
盡理想，只有前排觀眾有眼福欣賞到；大張透明塑膠，代表道德
行為規範……這都是道具巧妙的運用。

　　表演雙人舞的女舞者曾明明，日前排練時扭傷腿部，當晚忍
痛登場，而且和男舞者陳少品都有優越的表現，這種忠於藝術，
成全大我的精神，著實難得。

　　大判官（陳少品）以神聖的正義道德的寶劍，戰勝群妖，使
邪惡再度被籠罩於塑膠片中得以伸張，點出全劇正確的主題。

　　菲華文經總會藝術宣傳總隊，自四十年前創隊至今，不斷地
為追求真理，伸張正義和平，爭取民主自由而努力。

　　當晚所推出的這兩出中國古裝舞劇「八仙過海」與「大判
官」的主題，正好符合該隊一向的創隊宗旨和精神。

　　這次盛大的演出，得到菲律賓編舞名家：Gener Caringal,
Manuel Moling, Jojo Lucila；技術指導Latsch Catoy；服裝設計
Rolly De Leon的聯合助陣，使一切都能更加生色；特別是在佈景
及道具的運用上，有不少的突破，令人激賞。同時，使中菲文化
交流的成果更為豐碩。

　　舞蹈策劃施麗娟小姐，以她多方面的藝術才華所設計的全部
舞碼，各具特色，不但反映人性和社會，有的還融入中國傳統的
文化素材，充滿了優雅的中國情趣，耐人尋味。

　　希望她能繼續多多擷取國劇的精華入舞，為發揚中華文化
努力。

　　近年來，她在菲華現代舞蹈園地的耕耘，已有相當可喜的收
穫。她所指導的青年舞者，都能儘量發揮自己四肢動作的各種技

能和特長，來表達舞蹈的內涵；他（她）們的團隊精神，亦極為
可嘉。

　　他（她）們以相當豐富的肢體語言，呈現不同民族精神的
文化風貌，有的可能由於和傳統的舞藝有較大的距離，也許是過
於開放，一時未能為部份的觀眾所接受，但在藝術的評價上是值
得讚美的。據聞菲律賓文化中心於九月底舉行的「爵士芭蕾舞節
（Jazz Ballet Festival）」已特別邀請該舞蹈隊參加客串演出，這
項殊榮，得到不易；這種激勵，也證明了他（她）們歷年來的揮
汗努力耕耘的成果，已受到菲律賓舞壇的肯定。

　　最值得慶賀的是，這群充滿青春活力的舞者，能夠以傳統的
精神為圓心，發揮現代的技藝為半徑，巧妙地舞出傳統與現代交
會而成的精緻畫面，為創隊四十周年紀念的舞蹈史加上圓融有力
的句點。

　　願這群青春舞者，能夠從蛻變中多多創新，融會傳統與現
代，承接過去與未來。

載於菲聯合日報1969年10月6日

傳統與現代交融
——寫在「五四」文藝節

　　很久以前就有人預言「第二十一世紀是中國人的世紀」，在近年來，不少中國人在國際科學上的傑出表現和成就；也漸漸地潮向著實現這預言而努力，這是值得我們龍的傳人引以自豪的。

　　不過，由於現實的社會多偏重科技文明，著重於物質生活的追求而忽略了精神文明的發展，所以文藝活動，這個精神文化主要的一環，也就不能積極順利的推行。

　　這種現象，在商業和金錢掛帥的華僑社會尤其顯著。學者作家梁錫華去年在主講「作家與潮流」時，提到菲華僑社一種可喜可敬的特徵：「……菲華文藝界的朋友，都是文藝熱心的人士，不但耗費了浩大的精力和時間，甚至還得自掏腰包來舉辦各項文藝活動……。」這的確是件使我們慶幸的事；然而我認為美中不足的，就是那些文藝活動——即使是公開性的——與會者大都也只限於主辦單位有關的人士；局外人很少出席，而且更難見到年輕人去捧場。

　　有人認為這除了個人的興趣所致之外，問題的癥結在於我們僑社的文藝活動內涵不夠充實，而表現的手法有的又過於傳統化；對於這兩點，筆者也頗有同感，現在提出野人獻曝的小小意

見：要喚起社會人士重視及支持文藝活動，可從充實內涵和改進表演方式著手；而且要植根於學校，使文藝教育和學校相結合，以期達到「寓教於藝」的功能。

在歷史的軌跡上，沒有傳統就沒有現代；沒有過去也就沒有未來，但是最要緊的還是能把握現在；而現在正是科技發達猛進的進代，所以文藝活動的表達方式，如能把握科技的發展，順應時代潮流就不難成為氣候。

當然的，文藝活動要成為一種運動，除了具備優良特出的先決條件之外，還要得到社會群眾的欣賞和接受。

我們的文藝活動如果只停留在傳統的模式，自然不能激發觀眾的興趣，所以要融合傳統和現代的表達手法，將科技與傳統文化配合傳統藝術，在實驗和創新之中求突破。有時候，各種表演的內容也要隨著傳統社會的結構而改變，以求符合現代人的觀賞和需求。

據說臺灣的歌仔戲和佈袋戲能夠擁有廣大的觀眾，在電視大放異彩，就是導源於此。所以，我們目前各種文藝活動，如何多多注入適合時代的思想內涵，結合現代的聲光科技，利用多元媒體，使表達形式更多采多姿，以吸引現代觀眾……這都是我們菲華文藝工作者要設法解決的課題。

去年由林懷民率領的「雲門舞集」，應邀在菲律賓文化中心演出全本「薪傳」的舞碼。除了有最新穎的肢體語言，最富時代感的敲擊節奏之外，還穿插了臺灣民歌老手陳達自彈自唱的滄涼即興閩南小調；配合著台前左右兩個小銀幕映出的中英文歌詞，帶動了中外觀眾起伏不已的情緒，獲得空前的成功。

又如金門青年友好訪問團的《我從金門來》、培青合唱團的《歌我中華》、中正學院的《我愛中正》校慶綜藝晚會、《文天祥》大型歌舞劇、《青韻迎春、VIP歌唱中心的慈善晚會》、《飛揚的青春》和去年《五四》文藝節晚會、菲華藝宣隊的「漢光之夜」……等藝文表演，莫不是配合了聲光科技的多元媒體而更受到了觀眾的歡迎和激賞。

至於充實文藝活動的內涵，也有多方面的發展；而最基本的措施就是從我們的新生代紮根，以培養人才和訓練觀眾。

我們在家庭或在學校要隨時利用或營造機會，讓我們的華僑華裔兒童和青少年，多多接觸優美的傳統文化的技藝，使他們由認識到熟悉；由欣賞到樂於接受；使他們拋棄厭舊的心理而以作中國人為榮；更要給他們灌輸各種新事物的正確觀念，培養相容並蓄的氣度，來接納各種新舊事物，而且能加以比較和選擇，然後在嘗試中融彙貫通，成為生活中愉悅的體驗；將來對社會的文藝活動才有參予的能力和興趣。

劉大使宗翰博士在首屆兒童文學研習會開幕典禮中，曾特別強調我國國劇的優美內涵和對兒童的教育價值，並對國劇日漸式微深感惋惜；若僑社能重振國劇，這對我們的新生代的生活必能起潛移默化的啟示作用。

筆者現在正式建議菲華文教服務中心，配合本地各票房和學校在不久的將來，能夠成立「兒童國劇班」和「現代兒童實驗劇場」，透過傳統和現代的戲劇教育，實施中國語文和道德教育，使我們的新生代不但可以學習字正腔圓的北平話；領略平劇教忠教孝的傳統美德；接受精練的肢體語言和動作表情的訓練；還可

以使他們在戲劇活動中增廣知識，理解生活，認識世界；更幫助他們身心的發展以及情感和興趣的培養。

如要保存和發揚國粹，充實文藝活動的內涵，最好能安排定期或不定期的民俗技藝教學，聘請國內民間技藝專家來作短期密集訓練，教授、捏麵糊、中國結、剪紙、茶藝、燈籠、毽子、風箏和各種童玩……等實用而有趣的手工藝，以傳統技術帶入現代生活；推廣流傳；將來就可以舉辦各種競賽或示範表演，配合各項文藝活動，為社會擴散文藝氣息，提升精神品質。

原載菲《聯合日報》（一九八五年五月）

寫於校聯公演名劇「兩代間」之前

教育是百年大計的偉業，特別是菲律賓近年的華文教育，更需要全僑的大力支持和振興；菲律賓華文學校聯合會為提升華文教育水平，改善教學設施和教法……並進行有關華文教育之突破及創新計畫，特公演名劇作家王生善教授傑作「兩代間」四幕四景八場巨型舞臺劇，以籌募推展華文教育方案活動金。

月來得到菲華社會有識人士，同心協力，慷慨解囊，踴躍捐輸，共襄盛舉，在「兩」劇尚未公演之前，一切的迴響，使校聯的前景大放光芒！——已先邁進成功的一大步！可嘉可賀。

「兩代間」社會倫理名劇，校聯特請劇壇傑出名將黃俊圖、洪雲鶯、吳雨生、佘怡靜共同悉心策劃，更禮邀菲華全能大導演吳文品執導，又由洪雲鶯任副導演；率領劇壇中青少菁英及新秀：黃俊圖、邱麗華、施議松、吳滿滿、黃瑜玲、佘怡靜、王鼎臣、韋秀秀、曾煥賢、吳淵源、林穎斌、吳長華、許麗莉、王依麟、吳禮鎮、陳本星、楊昭輝等十數人，落力演出；配上吳雨生出神入化的佈景，傅子昭精緻優美的背景音樂，郭婉瑩別出心裁的服裝設計；又得到名華校各方面的通力合作，和無數幕前幕後英雄的奉獻犧牲，必將演出成功，為菲華劇壇和教育史創下空前輝煌的紀錄。

　　此四幕四景八場巨型名劇，作者王生善教授「以骨肉親情來表現倫理精神，用兩代間的恩情故事來強調忠恕的美德，用悲歡離合的情節闡揚我國演之後，對菲華社會能發揮積極的教育功能，啟示觀眾，共同努力營造幸福祥和的家庭和社會。

　　戲劇是綜合的藝術；觀眾可以從這齣社會倫理話劇中，滿足視聽的享受：欣賞感情的真，人性的善和藝術的美；特別是關心華文華語的觀眾，更能從劇中生動感人的對白，配合劇情和人物的表情動作，在無形中即可加強對國語的了解和學習能力，得到意想不到的多重收穫。希望關心華文華語的家長老師，能儘量陪同子女和學生，共同觀賞。

　　為酬謝社會人士的熱心支持，《兩》劇特別於本月二十一、二十二兩日公演三場；並將樓上入場券全部開放予各界索取，但因反應非常熱烈，據說索票向隅者甚眾；如能加演一場，俾能鼓勵更多華校師生及親子共同觀賞，相信必能發揮潛移默化的教育功能，同時冀能藉此提升華文教育的水平。

　　　　　　　　載於菲聯合日報（一九九五年一月廿一日）

信・望・愛
——祝福第五屆亞細安華文文藝營

　　第五屆亞細安華文文藝營輪到新加坡舉行，想各地文友對其能「順利地召開、順利地舉行、順利地結束；及順利地出版亞細安文學選集」必會極有信心。

　　新加坡是亞細安地區中非常重視華文教育的國家；華文學校的發展；華文報刊雜誌的興辦；各文學團體的互放光彩；對華文文藝工作者的表揚；盛大文藝學術性活動的提倡；文學交流範圍的擴大；以及政府和民間的熱烈支持⋯⋯等具體好現象，都足以加強本屆華文文藝營成功的因素。

　　西元二十一世紀快要來臨，西方有識之士，曾預言該世紀將為華人的世紀；這是愛好華文的人深感欣慰高興的；也是全球華人華裔，都有權利和義務所要落實的美夢！大家應以最好的華文文學作品，來迎接將臨的新紀元；更希望在不久的將來，從各屆亞細安華文文藝營中，產生東方空前的偉大作家，進軍世界文壇，創造奇跡。

　　期望每屆亞細安華文文藝營都能關懷和鼓勵愛好華文文藝的第二代參與籌畫和推展各項文藝方案；訓練年輕人肯虛心學習，對一切事物，能多以觀察，思考，來引發創作的靈感，以期將來完成真、善、美的作品。

　　願各位文友，同心協力，以信心和誠心，帶著期盼和喜悅的愛心，把工作做好，來展開本屆美好的文藝營；把握現在，共同努力，灌溉華文文藝的園地，使未來更絢爛美好！

載於第五屆亞細安華文文藝營詩文集

（1996年5月）

母校恩・同窗情

人生如戲，在母校多元化的教育大舞臺上，我們這群幸運學子，早于四十多年前就扮演過最令人嚮往懷念的角色……那段中學生涯的流金歲月和珍貴的友誼，更是人生最美好的回憶。

一九九五年盛夏，驪歌聲中，我們依依不捨，互道珍重，辭別了親愛的恩師和母校，帶著父母的慈恩，師長和母校的教誨與關愛，各奔前程，隨著校園中那多情相思樹的年輪日漸成長、茁壯、成熟……儘管人生際遇相異；無論馳騁在康壯大道，或是躑躅於崎嶇小徑，級友們大部份守己發揮潛力，學以致用，服務社會人群，亦能謹遵師訓校訓，堂堂正正做人，而可貴的芸窗之情，逾久彌堅，未因各人成就不同而有所改變。至於對家庭、母校和社會的回饋，也都會盡心竭力，更能適時配合校友總會，發揮中正人「飲水思源」之「愛國、愛校、尊師、助友……」的傳統博愛精神。

在慶祝畢業四十五年的今日，我們何幸有緣歡聚一堂，與恩師親友重溫往日的好夢！且讓我們珍惜寶貴的時光，面向廿一世紀，凝聚愛心，栽培我們第二、第三代的「新新人類」，來接棒薪傳，大家心手相連，努力落實當年慶祝畢業三十週年的信念——「緬懷過去，把握今朝，以信・望・愛迎接未來！」期盼級

友們要更惜福惜緣，仍以此互助互勉，開拓更有意義的人生，充實未來美好的歲月。

載於菲律賓中亞正院高中
第十初中第十一屆畢業四十五週年紀念特刊
（一九九八年）

團結興華教，邁向新世紀

在千禧年即將來臨之前，欣逢我菲律賓隴西李氏宗親總會創立六十五週年鑽禧之慶，暨第六十六、六十七屆理事會就職，特別是世界李氏宗親總會第十屆第二次會員代表暨懇親大會，首次在海外（菲律賓）舉行，這對我旅菲隴西李氏族人來說，真是「三喜臨門」，可喜可賀；謹祝我們隴西李氏宗親，精誠團結，同謀族親福利，促進世界宗誼，闡揚祖德，萬世永昌。

我們菲律賓隴西李氏宗親總會，在「三大慶典」活動期間，尚不忘行善，分別獻捐善舉公所、宗聯、商總、中華總商會、工商總會、僑中學院及臺灣九二四災民相當鉅款的善舉；據說當時曾經引起新加坡與泰國等華文報很高的評價。

而這種扶危濟困，推動教育事業的表現，亦得到世界李氏宗親總會的充分肯定。相信這會更加強我們致力推動華社和菲國教育及公益事業的措施。

事實上，我們菲律賓隴西總會自創立以來，對於清寒族生之補助、優秀族生、華文族師之獎勵、貧病族親之援助、中菲慈善公益之捐輸，及教育文化事業之推展……皆竭力作出貢獻。近年對弘揚中華文化與教育問題，更見重視，且對族親青年之輔導及華文族師之福利亦至為關懷。我們「隴西李氏宗親總會華文教師

聯誼會」乃在總會諸位熱心宗長之敦促、鼓勵、指導與鼎力支持下成立於一九九一年九月。多年來，聯誼會之會務；皆以：弘揚中華文化、推行中國倫理道德、聯絡宗誼、輔導李氏族裔、謀求會員之福利、交流教學經驗、增進與僑校華文教育工作者情誼為依歸；同時也為本宗親總會服務，配合總會推動會務與協助各種活動。在各位熱心宗長之關愛、督導及支持下，聯誼會歷年來較為重要之文教和聯誼活動諸如下列：

協助總會每年頒發優秀族生獎金事宜：亦曾協助中北呂宋分會主辦「全菲隴西李氏第二次青少年夏令營」；舉行教師節、中秋節、耶誕節或春節會員聯歡會；舉辦大岷區華校族生華語朗讀觀摩會、家庭倫理教育講座、教學經驗交流座談會；詩詞吟唱、歡樂帶動唱、文藝歌曲欣賞及簡易烹飪法之錄影帶觀摩會、與親子「倫理教育電影」欣賞會等；尚有每年暑期舉辦之族生閩南話、華語、書法及數學班等文教活動……皆深獲家長與各華校主管和教師之熱烈響應及社會人士肯定。

我們教師聯誼會今年為慶祝總會成立六十五周年紀念，激勵族生對學習華文之濃厚興趣；復為提高華文寫作能力及弘揚國粹書法才藝，發掘書法人才，舉辦族生徵文與書法比賽，得到家長及大岷區各華校主管與教師之鼓勵支持，參賽族生非常踴躍，盛況空前，比賽成績也相當令人滿意。

由應徵之文稿中，亦可窺見青年族生對我隴西宗親總會的大家庭期望之一斑：請繼續設立族生獎學金及助學金；經常舉辦配合中菲傳統節的藝文節目表演及比賽；倡導正當娛樂；增添音樂、體育和圖書館設備；擴充青年組組織，鼓勵更多青年族生參

加……此皆值得採納的意見。這不僅使族親第二、第三代子女有機會享受美好健康的精神食糧，提升生活品質，更可激發會員的向心力，熱烈參予各項會務，使本會得以培植新生力軍和接班人，拓展承先啟後，繼往開來的光明遠景。

猶記在今年隴西李氏宗親懇親大會閉幕時，有位熱心宗長曾特別提出，近年來電腦科技發達，網際網路深具跨越時空的特性，且將發展為海外僑胞在生活和娛樂方面的主要工具；尤其是在各區的宗親會的會務，似乎已日趨老化的今日，他建議我們隴西各區的宗親會，要儘量善加利用網際網路，合作上網，以聯絡宗誼，交流教育、文化及經濟商機的資訊；並藉以訓練青年電腦人才，吸引新生代；讓年輕的一輩，對會務有所關懷和投入，來負起薪傳的任務，保持宗親會的「年輕化」，以趨向時代潮流……。這積極的建言，正是千禧年來臨前的一項應受重視的課題；而培訓電腦人才，亦是華教當務之急。

中華民國僑務委員會朱副委員長建一，於八十八年在一次海外青年回國觀摩團歡迎茶會上曾指出，講華語目前已成為世界的潮流，而網際網路的便利性，可使身在海外的青年們也能輕鬆學習。他特別鼓勵華裔青年們多利用僑委會「全球華文網路教育中心」，愉快地學習華文華語，認識優美的中華文化；由研習中國語文和吸收中華文化，不僅可將中華文化的精髓，落實在日常生活中，而所具備的華文華語的聽、說、讀、寫能力，對於未來生涯發展，和服務國家社會，都有實質的助益。

僑委會第二處處長許振榮亦曾鼓勵回國研習的華裔青年，要將在研習所學得的語文知識，多運用在日常生活中。

　　他還強調，中文為世界主要語文之一，懂得華文華語，不僅可瞭解和宣揚中國固有文化，更能趕上世界潮流。

　　朱副委員長與許處長的高見，強調華文教育的重要性，相信對我們隆西華文族師會有很大的啟示。特別是僑委會最近正大力推動海外僑胞學習使用網際網路，並深入一般大眾日常生活中，我們對華文電腦教育更不容忽視。

　　回顧在菲律賓，隨著電腦的日益普及，華社家庭的子女，特別是青少年，越來越多熱衷於上網漫遊。對此，心理學家指出，在電腦螢幕前占去的時間越多，則與親朋友好相處的時間越少，親子或人際間的感情可能也因此越淡；而人際關係也將會受到負面的影響。這是我們新時代的家長和教師，都應正視的家庭倫理及學校教育問題……。

　　當然，為了建立、維持與子女或學生的良好互動關係，家長和教師必須抱「終身學習」的教育理念，充實自身多元的知識；特別是熟練操作和應用電腦的技能，以輔導新生代適當地運用新科技；並享受親身體驗上網學習和交流經驗的樂趣。最近，中華民國僑委會為因應千禧年科技時代的來臨，並力求突破傳統教學與學習模式，建構了「全球華文網路教育中心」，設立「中華語言及文化入口網站」，提供大量華語文網路的教材，並在世界各地區舉辦「華文網路教育中心種子教師培訓班」。相信這首倡的教育措施，是一項長程計畫，對華文華語教學的改革，必有一番突破的效益。希望我們隆西華文族師，都能敬業樂業，在把握國內外的在職進修良機之餘，尚要儘量參加「種子教師培訓班」，冀能與同儕在華文教學上切實有所

改革，教導學生和子弟把華文華語學好、用好；共同努力，振興華文教育，邁向新世紀。

　　　　　　　　載於菲律賓隴西李氏宗親總會鑽禧紀念特刊

　　　　　　　　　　　　　　　（一九九九年）

進入新時代，開創好明天

今天欣逢我菲律賓粵僑李隴西堂，舉行慶祝成立壹百年紀念暨第「一〇一連一〇二屆職員」就職典禮——「雙喜臨門」的好日子，理應大事鋪張，熱烈慶祝，惟因應時局，厲行節約，慶祝儀式力求簡單隆重，意義更見深長。希望大家能熱烈參加，共襄盛舉，並祝願我們隴西李氏族親，敦親睦鄰，精神團結，群策群力，開創輝煌。

飲水思源，緬懷並感激前輩先賢，百年來創業維艱；經歷屆領導人及族親理事的辛勤經營，至今始能歡度百年紀念，可喜可賀！相信本「一〇一連一〇二屆」理事，在常務理事少平，名譽理事長國尉與副名譽理事長何利宗長的指導，以及理事長國活，執行副理事長錦倫，副理事長英揚、萬芳、錦棠諸位宗長率領下，必能更加致力為族人，為華社謀福利；亦為菲國的進步繁榮，有所貢獻；並配合隴西宗親總會的各項積極活動，以發揚我隴西的傳統精神。

新世紀已來臨，各項高科技的發展，何只一日千里，為迎合新潮流，「終身教育」——且要結合學習與工作為一體——即「從工作中學習，與學習去工作」，已成為教育的新理念。這是為了對多變化社會的調適；而由於中國在國際事務中的地位日趨重要，華語作為世界上使用人口最多的語言，於國際的重要性更

逐步提高。希望我族親長輩，能多多督促在學子女，注意努力學好華文華語，以加強在事業上的競爭力，使事業成功，並鼓勵成年子女研究新科技，特別是要熟練電腦語言的運用，始能趕上新時代……。至於我國傳統優良文化的薰陶，及家庭倫理觀念的加強，也是不容忽視的家庭教育課題……。

更期盼本堂加強青年組的組織；培植新生力量，讓年輕一輩，對會務有所關懷和投入，以負起薪傳的任務，保持本堂的「年輕化」；以趨向時代潮流，落實本堂百年大慶的主題：「進入新時代，開創好明天」！

載於菲律賓粵僑李隴西堂成立一百年紀念特刊

（二〇〇五年九月）

奧林匹克精神的啟示
——亞華作協菲分會成立二十週年有感

　　真是巧合：一九八八年奧運會在韓國漢城舉辦時，我們「亞洲華文作家協會菲分會」在馬尼拉正式成立；今年二零零八年，全球矚目的第二十九屆夏季奧運大會於八月八日在北京隆重舉行，可說是「百年奧運，中華夢圓」，而我們正好要慶祝「亞華作協菲分會成立二十週年紀念」。說來本會和奧運會著實有緣；且奧運的聖火傳遞壯舉，更讓人想起當年韓國奧運的「心手相連」主題曲；亦由於今年奧運聖火傳遞的成功，倍感奧林匹克「馬拉松」的持久堅毅精神，深具重大的意義。

　　早在一九八五年十二月，第二屆亞洲華文作家會議在馬尼拉舉行時，先夫許芥子和我應邀出席參加，芥子且任大會記錄之職。會中，我倆曾連署提出兩項推動亞華作家文化交流的動議：

（一）灌製富有文學教育價值之「亞華作家之聲」錄音帶、錄影帶或唱片（二十多年前，當今流行之現代多元化的電子軟體傳媒尚未面世），推廣流傳於各地區，以促進各區文化交流。

（二）配合每年「五四」文藝節，各地區文藝團體聯合當地華文華校，舉辦亞華文藝活動。

　　以上兩項為出席代表多認為頗有前瞻性之臨時動議，雖獲大會通過，可惜至今猶未見施行；然而回顧今日各高科技媒體盛行之際，多元化傳媒（如電子書、有聲書、CD、VCD與DVD……）在教育、娛樂及文化交流方面，應用廣泛……且歷年來，已有多屆「亞細安文藝營」在各會員地區成功輪流舉辦，而每屆皆發行水平相當高之各地會員詩文作品選集，流傳各區，頗受讀者歡迎……筆者至今「舊案」重提，相信尚不至於不合時宜。

　　本亞華作協菲分會自成立以來，歷年曾經屢次舉辦各項拓展文學及文化交流活動（例如好書共賞會及邀請國內外著名學者或文學家主持講座……等），亦皆獲得華社及各文藝團體與華校之熱烈支持，期盼今後加強組織和活動，以推展會務更上層樓。

　　今年北京奧運提倡：「同一個世界，同一個夢想」的口號，啟示我們「亞華作協菲分會」的成員，在「亞洲華文作家協會」這個文學世界中，要把握時機，在亞華的文學運動場上，大家要心手相連，互重互愛；弘揚「團結、友誼、和平」的奧林匹克精神，更要以鍥而不捨的「馬拉松」毅力，發揮潛能，加強「相互文化交流合作，相互借鑑」，共同寫出求變創新的篇章，落實真、善、美的夢想，來拓展亞華──特別是菲華的文運！

載於亞洲華文作家協會菲分會

二十週年特刊（二〇〇八年八月十九日）

第八輯

人物簡介／懷念

螢光幕前的絮語
——柯受良飛黃騰達創奇跡

　　黃河——中國的母親河，縱貫山西陝西高原之門，浩浩蕩蕩；壺口瀑布，一瀉千丈，蔚為奇觀。多少古今英雄的故事，在她的周遭扮演……。

　　去年六月的一個豔陽天，滿懷壯志的小飛哥柯受良，駕著他的小飛車，從山西到陝西，在兩秒之間，立刻完成他「飛越黃河」的壯舉，為香港九七回歸之前獻上珍貴的賀禮；也為千千萬萬的中國人作了偉大的歷史見證；更震撼了全世界的中外人士——在螢光幕前，興奮驚奇地看到一個勇敢的龍的傳人，在一瞬間創下了本世紀驚險的飛「黃」奇跡。

　　一九九七年六月一日下午，中國名書法家米南陽，在天下奇觀的山西壺口瀑布旁，當著萬餘中外觀眾，揮毫疾書：「飛黃騰達」四個筆力千鈞的大字，驟然跳躍在丈餘的宣紙上，直趨螢幕前的全球觀眾，洋溢著詩仙李白「飛騰欲往天臺山……」的豪情，也讓柯受良的一腔熱血，將名字自由揮灑在山西和陝西兩岸的高坡上。

　　雖說世界魔術大師大衛・考柏菲（DAVID COPPERFIELD）曾經在電視上表演過穿越長城的幻術絕技，令人歎為觀止；但中國特技演員柯受良，卻以真功夫，駕車飛越萬里長城，創下

空前的特技紀錄；而「飛越黃河」，正是他完成飛越長城的壯舉後，所許下的宏願；他亦以此作為香港九七回歸前奉獻祖國的厚禮。

柯受良的飛「黃」成功，固然是由於他的壯志淩雲，豪情激越，並以愚公移山的堅毅精神，感動了各方讚助的有心人，投入了大量大量的人力財力，始能出現了天時、地利、人口絕配成功的奇跡；但這亦非倖致：為了完成懇切的心願，在兩年慎重的籌備過程中，他曾經十二次往返黃河壺口，作了各項詳細的勘查和種種周全的措施；他自說是要多多親近她，靜靜地和她交流……直至出發時，他帶著全球華人華裔的祝福和無比的信心，駕著特裝的飛車，以一百五十公里的時速，在一點五八秒內，從山西一側，飛車騰空越過黃河壺口瀑布，落在五十五米以外，陝西一側接車臺上，以無價的生命創下了世界空前的奇跡！

這位亞洲第一飛人能夠飛越黃河成功，就是要向世人證明一件事；中國人有足夠的能力和精神，做好世界上最好的事情！

在祝捷宴上，柯受良表示這次很高興能夠克服萬難，順利地完成心願——為慶祝香港回歸祖國送上一份賀禮——象徵著中華民族團結一致的偉大精神。

他以無價的生命，鍥而不捨，創下了世界的奇跡；更在一剎那間抓住了歷史的永恆。

──林懷民渡海薪傳開先河

　　最近，中國馳名國際的現代舞團「雲門舞集」，慶祝創立廿五周年紀念，欣見始創人林懷民在螢光幕上出現。這位多年未見的現代舞先驅，風采不減當年，只是清癯的臉上留下了歲月的風霜……當他提到「雲門」的遠景時，雙目充滿了希望，神采奕奕，興奮地表示在不久的將來要組織「雲門二團」，為新生代的編舞家和優秀的青年舞者提供理想的舞台；也期待為臺灣現代舞創造一個燦爛的二十一世紀！未來要走的路還是很艱苦遙遠的，希望能勇敢努力地繼續走下去……。

　　遠在一九七九年，林懷民率領「雲門舞集」在菲律賓民俗劇場（FAT）首次演齣幾出風格獨特，手法新穎而活力充沛的現代舞，震撼了成千上萬的中外觀眾；其中最受激賞的是大型史詩舞劇《薪傳》中的《渡海》，充份地表現出由唐山渡海至臺灣的先民在驚濤駭浪中，同舟共濟，堅毅果敢，前仆後繼的拓荒精神；而最難得的是：該劇融和中西舞蹈技巧的肢體語言及頗有象徵性的道具，為菲華現代舞壇帶來相當深遠的啟示和影響。

　　後來，「雲門」應菲文化中心（CCP）邀請蒞菲公演兩場，推出林懷民的代表作《薪傳》的全套舞碼。僑胞慕名前往觀賞捧場者非常踴躍。

　　兩場九十分鐘不落幕不休息的演出，廿多位男女舞者，以精湛有力的肢體語言和內涵豐富的感情，把：《唐山》、《渡海》、《墾荒》……與《節慶》等情節，刻劃得淋漓盡致；不少觀眾感動得熱淚盈眶……劇終時掌聲雷動，曆久不息。揮汗如雨，聲嘶力竭的舞者多次謝幕，仍無法平伏一直鼓掌的中外觀眾激動的情緒。這是菲文化中心多年來罕見的熱烈場面。

　　在他返國前夕，我再度向他道賀演出成功；談話間，他深以華僑目前處境為念，更關心我們華文教育的前途和僑青的精神食糧問題……。後來，我請他透過錄音機，向適逢月考，錯過前往欣賞捧場機會的中正學院同學們講幾句勉勵的話（詳情已發表於當年出版的「中正學生」校刊）。以下是他部份的即席贈言：

　　「……人生每一個階段的困難，對我來說是一個很大的挑戰。但是，困難不等於阻礙，能不能接受挑戰，突破難關，事實上全是靠自己的意志來決定的。

　　「……十幾年來，我每天都在面對自己的不足，我發現舞蹈創作已成為我永遠的挑戰；常常我也偷懶，常常我也做不好，但是只要累積的努力，就會有突破。

　　「……當我們把自己的力量奉獻出來，我想命運是在我們的手裡……」。

　　他一向就是以這堅強的信念，為追求崇高的理想竭盡心血，努力苦幹。從以「中國人作曲、中國人編舞、中國人舞給中國人看」為目標出發的「雲門舞集」，廿五年來，在掌門人林懷民的千錘百練下，慢慢成長，舞藝更臻圓熟精湛，到處被海內外公認為中國人引以為榮為傲的現代舞團；每當應邀參加世界名地藝術

節演出或作巡迴公演，國際上的觀眾都讚譽不絕，更得到舞評家很高的評價。

他常對舞者說：「我們都不可能是大舞蹈家和大編舞者，只是開路人而已。」他所開拓的現代舞這條大路，不知要走過多少坎坷的崎嶇路；可喜的是，他多年來艱苦奮鬥獲得的成果纍纍，令人欽敬；早年當選第十五屆「全國十大傑出青年」、「第一屆全世界十大傑出青年」及近年榮獲的國家「藝術薪傳獎」和「亞洲傑出藝人獎（終身成就獎）」……這都是社會國家對他偉大貢獻實質的肯定。

林懷民以百折不撓的堅毅意志，永遠朝著崇高的理想邁進；薪傳中華文化，首創臺灣現代舞蹈團；讓「雲門」大開，星月交輝……他的成功，正是我國古訓：「為者常成，行者常至」的明證。

東南亞華人樂壇巨擘黃楨茂
——為慶祝黃先生作曲六十五周年紀念而作

今年是西元千禧年來臨前的一年，極富前瞻性的一年；在菲華樂壇上最可喜的盛事，該是慶祝享譽中外的菲華資深大作曲家黃楨茂先生作曲六十五週年紀念的音樂會。

六月十三日（星期日）在菲律賓文化中心（CCP）大劇院，中外愛樂人士，將大有耳福和眼福欣賞到黃先生六十五年來音樂創作的精華。

黃楨茂先生，以他年近九旬的高齡，將他人生最寶貴的六十五年時光奉獻給上帝與音樂之神及世人；在超過一甲子的美好歲月裏，完成了樂作等身的三百餘首美好精緻的樂曲，真教人敬佩欽羨！

有「華人聖樂瑰寶」雅譽的黃楨茂先生，原籍福建思明，生活在虔誠的基督教家庭中；自幼深受聖詩薰陶，對音樂有特殊的愛好，且極具音樂天賦及作曲才華；中學時代自修作鋼琴小品投稿上海音專，即蒙當時中國名音樂家黃自、蘇友梅與易韋齊之賞識，得到莫大鼓勵，便立志專攻音樂。

一九三四年，黃先生自故鄉廈門鼓浪嶼移居馬尼拉，入菲大音樂學院修習理論作曲，對樂理之運用，皆有深入研究，又

得名師安頓佑。莫里那及與亞斐度、梅那汶都拉教授的器重和悉心指導；在譜曲及管弦樂法特有精進；後來他又一面努力創作，同時努力自修不輟；潛心鑽研世界音樂名家作品，故能成就傑出非凡。

數十年來，黃先生雖以保險為業，現任美聯保險公司董事兼副經理；但在商餘卻跟音樂永結不解之緣；對教會服務尤其熱心；歷任旅菲中華基督教會聖歌團指揮十餘年，也曾任馬尼拉中國合唱團，全菲華僑基督徒合唱團等聖樂指導及反總文藝及音樂組召集人。一九七五年榮獲菲紀事報登載舉為「一九七五年音樂特優人選」之一，為僑社爭光。

他是位業餘作曲家，而能樂作等身著實罕見；六十五年來，竟完成三百餘首傑出作品，其中以聖樂大合唱、聖詩、靈歌為主；更有獨唱、合唱的文藝抒情和愛國歌曲，以及校歌、會歌、民謠改編曲與不少舞臺劇的插曲。樂器方面則有鋼琴、小提琴、木琴等獨奏曲；而有十餘首皆編為交響樂；部分交響樂曲及抒情小品，都曾在菲律賓遠東電臺、正義之聲及臺灣中國廣播公司播放，甚受聽眾歡迎喜愛。

黃先生的「青年合唱集」於一九六六年榮獲臺北華僑文藝學術獎。同年，他為菲華文壇泰斗施穎洲先生英譯菲民族英雄黎剎的訣別詩譜曲，是中菲友誼年隆重的獻禮；獨唱曲「單戀者」於一九六九年獲紀念黃自先生創作獎；「女郎」抒情歌（由佟鋼獨唱），於一九七六年代表菲律賓參加全世界在南美智利舉行的第十七屆國際音樂節獲獎；《偏是》於一九八○年在香港被指定為

音樂比賽的主修曲；鋼琴獨奏曲《中國戀》曾由菲律賓音專選為鋼琴科畢業生演奏曲目之一，更在本周日的音樂會上，將由鋼琴天才上官韻聲小姐演奏。

交響樂曲「人生交響曲」共分四樂章，最後樂章並附大合唱，由名藝術家陳明勳教授作詞；一九七四年在黃先生作品演唱會首演；一九七五年於菲律賓援助聾啞慈善音樂會上第二次演出，又獲菲岷尼拉交響樂團在倫禮杳公園演奏，並由電視播送全國；一九八一年臺北慶祝中華民國建國七十年，由光仁音樂院合唱團及管弦樂團於國父紀念館演唱；今年六月十三日的音樂會，「人生交響曲」第四樂章，將由旅美名指揮家王尤美文女士指揮，羅致二百多位成人與兒童組成的大合唱團演唱，特請菲律賓數大樂團團員組成之五十餘人交響樂團伴奏，陣容雄偉，勢必轟動。

鋼琴協奏曲「錦繡祖國」在一九七一年假菲律賓文化中心首演，同年榮獲自由祖國中山文藝獎，此曲連同「以馬內利一聖誕長詠曲」，已於一九九六年由臺北榮光社特製錄音帶及光碟（CD）出版，以廣流傳，誠為愛樂者的佳音。

黃先生的得意代表作「以馬內利」（EMMANUEL），完成於一九四三年，歌詞為筆者中學時代恩師施夏燦（施漢陽）老師所編選；當年黃先生與施恩師生前是志同道合的知友：施恩師歷任旅菲中華基教會聖歌團團長；而黃先生正是該國十餘年的指揮，此曲真可謂是「友誼心靈的結晶」，更見意義深長。

「以馬內利」聖誕清唱曲現已有七次再版紀錄，且先後譯為韓文及印尼文，歷年在香港、臺灣和東南亞其他各地及美

國、加拿大與韓國數度演唱，亦是每年耶誕節期中經常欣賞到的宗教名曲。

本日在文化中心的演出，此黃先生之代表作將由二百多人的大合唱團：菲華基督教會聯合詩班（基督教銀禧堂、靈惠基督教會、基利心基督教會、華僑聖公會聖司提芬堂、馬拉悶中華基督教會、巴西中華基督教會及菲律賓中華基督教郇山堂的唱詩班）、小雅歌合唱團聯合愛國合唱團落力演唱；並由五十餘人交響樂團伴奏，特請旅美名指揮家王尤美文女士擔任總指揮，請愛樂人千萬把握欣賞良機。

一九七九年，黃先生的五幕古裝詠史歌劇「中華魂」問世；在菲首都大戲院首演，其後又於一九八〇、八一及八四年分別於香港、臺北及美國西雅圖公演。該劇場面浩大，氣勢磅礴，每場演出都極為轟動。

費時兩年，完成於一九八五年的愛國歷史歌劇《文天祥》，由菲華聞人上官世璋先生作詞，全劇四幕六景，以「正氣歌」配曲為主題，動員二三百人員，配合多元化的舞臺佈景燈光，並以交響樂伴奏；場面之偉大及演出之轟動，為僑界之首創。

在週日的音樂會上，菲華著名男中音施東方先生特獨唱文天祥的「正氣歌」；他和旅美名女高音陳柏蓉小姐將雙唱此歷史歌劇中的一首感人的插曲；兩曲皆由鋼琴高手施恩小姐伴奏。

黃先生尚有幾首近年完成之得意歌曲，現亦略為介紹：抒情歌「獻」——此歌曲係由先夫許芥子作詞；一九八九年，是黃先生為紀念故友辭世三年之精心創作；旋律精緻優美，充滿感性，反覆的結構與樂句，強調詩人愛情的真摯誠切，流暢的伴奏，亦

簡潔和諧，後經愛樂者之請，增編為四部合唱曲。獨唱曲與合唱曲係由名女高音胡秀珍女士獨唱，鋼琴高手王露絲伴奏，及愛國校友合唱團演唱，名指揮孔國嬿小姐指揮，伴奏名手柯美琪鋼琴伴奏：錄音曾經分別於正義之聲及華聲二大電臺播出，深受聽眾歡迎。

黃先生改編《獻》之小提琴獨奏曲於六月十三日的音樂會中，將由菲名小提家PINEDA REGINALD獨奏，以饗愛樂者。

《孤帆》乃先夫芥子生前之題畫詩，是黃先生為紀念故友辭世九年而作的敘事歌，曲式精簡，旋律豪放，高潮起伏的伴奏，象徵孤舟在千重萬重浪的顛簸迷離，扣人心弦。此歌在一九九六年由青年名歌手楊少森先生獨唱，樂壇新秀陳玉蘋小姐鋼伴奏，錄音亦曾在資深廣播大家施友土先生主持之「正義之聲」播放。頗得聽眾好評。

黃先生為故友芥子之詩作譜曲，讓先夫之詩詞得以復活，隨著美妙的音符翱翔於樂壇，廣為流傳；筆者特此向黃先生致上萬二分謝忱和敬意！

《烈風》是菲華大企業家鄭周敏先生作於一九九七年之感懷詞，這深富人生哲理的心聲，是鄭先生「奉獻給全球的人」的禮物；黃先生的譜曲，風格多變，曲式嚴謹，且氣勢磅礡感人。此曲將於日的音樂會中由菲華著名男高音施東方獨唱，並請鋼琴名手施恩小姐伴奏。

黃先生是位虔誠的基督徒，為人仁慈慷慨；他往往將作品結集及錄音發行的版權所得，樂捐各地教會和公益團體，此種為神為世人犧牲奉獻的精神，實為仁者的楷模。

每當談起他特殊的藝術成就時，溫文爾雅，謙沖敦厚的黃先生，總是欣慰地強調他的音樂創作生涯支援最力，鼓勵最大的，就是他嫻淑敏慧的賢內助陳雙治女士，這位情投意合的好伴侶，系出鼓浪嶼名門，音樂造詣頗深，更是鋼琴高手。他們鶼鰈情深，此段姻緣，真是天作之合的音樂良緣。

在數十年的漫長的歲月中，陳女士默默地以愛心與耐心，陪伴著黃先生在多元的音樂創作領域中，探索鑽研，淘金尋寶，發掘音樂的靈泉……更讓他安心地在溫馨舒適的「音欣小室」裡盡情享受他愉悅的音樂天地。

黃先生的樂才橫溢，觸感生韻，靈感往往如行雲流水；但每他完成一曲，總要請太太先試彈給他聽，如有不滿意時，就重新修改……直到滿意為止。黃先生常謙虛地說他作品的最早聽眾和最忠實的鑒賞及批評者，就是陳女士……這種伉儷情深，互相激勵的好體驗，真是三生修來的福份。

我相信黃先生和太太也會常常共享一切成功的喜悅與榮耀。

週日慶祝黃先生作曲六十五年紀念的音樂會，總策劃人是黃先生令媛英英小姐；她特請馳名國內外的小雅歌基金會主持，配合各熱心宗教團體和中菲各名家落力推出，主旨在於推崇黃先生在樂壇上的貢獻，同時要藉此難得機會籌募「音樂獎助學金」資助有志修習音樂的清寒子弟，為僑社培植音樂人才，推展樂教。小雅歌基金會會長王棉棉女士認為這場音樂會的意義深長，極為樂意玉成此事。希望僑界愛樂人士，能踴躍出席欣賞，共襄盛舉。

請看當晚音樂會精彩的節目，即可享受一頓美好的精神豐宴：

第一部曲目及表演者：（一）鋼琴獨奏——上官韻聲：中國戀；（二）小提琴獨奏——PINEDA REGINALD：（1）獻（許芥子詞），（2）一封寫不完的信（莊良有詞）（3）日月潭；（三）木琴獨奏——楊昭祝：（1）晚晴，（2）中國公園；（四）男中音獨唱——施東方：（1）烈風——感懷詞（鄭周敏詞），（2）正氣歌（文天祥詞），鋼琴伴奏：施恩；（五）女高音獨唱——陳柏蓉：海韻（徐志摩詞）；（六）雙重唱——施東方，陳柏蓉：《文天祥》中插曲（上官世璋詞）。

第二部曲目及表演者：（一）以馬內利（EMMAUEL）、施夏燦（漢陽）選詞；表演者：（1）總指揮：王尤美文，（2）菲華基督教會聯合詩班，（3）小雅歌合唱團，（4）愛國合唱團，（5）五十人交響樂團伴奏；（1）前奏曲，（2）上帝是愛，（3）主的使者向約瑟夢中顯現，（4）以馬內利，（5）天使加伯利，（6）客店沒有空房，（7）小伯利恒歌，（8）讚美主（普天頌讚），（二）人生交響曲——陳明勳詞；表演者：（1）總指揮：王尤美文，（2）菲華基督教會聯合詩班，（3）愛國合唱團，（4）五十一人交響樂團伴奏。

預祝音樂會完滿成功！

今年六月三十日是黃楨茂先生為讚美耶穌基督而作曲六十五年紀念，七月十一日，又欣逢他老人家的八秩晉八榮壽的大好日子，這場盛大的音樂會，將是他親愛的兒女黃因偉（MAX）和黃英英（ANGEL）兄妹及家人為他獻上的最珍貴美好的壽禮。

　　祝福黃先生老人家，在望九之年，福壽康寧，老當益壯，多蒙沐神的保佑；靈感泉湧，以樂韻歌聲，為神和世人帶來更崇高的讚美和恩典！

　　　　原載菲律賓聯合日報，後轉載於「菲華文學」第四集

　　　　　　　　　　　　　　　（民國九十二年）

花落春猶在
——林戴秀容女士為菲華婦女會留下永遠美好的春天

    在人生的大舞臺上，林錦谷夫人戴秀容女士，得天獨厚，很幸運地在有生之年，誇越了兩個人類文明突飛猛進的世紀；從舊的原子時代進入新的電腦時代；且成功地扮演了這兩個偉大時代和歷史的有力見證者。

    今年菲華婦女會慶祝國際婦女節泊第十三屆理事及婦女養老院第八屆職員就職典禮，她老人家在紀念特刊的「回顧與展望」中，就曾提及六十多年來參與菲華社會工作及推動婦運的罕有歷史見證。

    早在一九三七年，日本侵略我國神州大地，菲華僑社掀起了抗日神聖工作。在已故李清泉夫人，楊啟泰夫人和林戴秀容女士等愛國婦女日夜奔波推動下，中國婦女慰勞會全菲分會應運而生，展開籌募款項，醫藥及縫製救傷袋寄回祖國救濟難胞。

    又為了鼓起僑界人士熱烈獻捐，戴女士特地與楊夫人和李夫人登臺扮演祖國傷兵難民的淒慘情形，感動了觀眾，引起僑胞更熱烈的響應，爭先獻捐……那時她即見證和參與了「菲華婦女會」前身的一切愛國熱心服務工作。

當年，她還經手為華僑愛國學生杜興僑獻捐新自行車發動抗日救傷兵難民義賣的盛舉；而杜興僑亦即後來第二次世界大戰時，菲律賓中正中學（即今中正學院）校友——地下工作的抗日烈士。這溫馨感人的見證，在她的愛國活動史上也寫下了傳為美談的小插曲。

為聯絡菲華婦女感情，為菲華婦女謀福利，共同服務社會，及參與慈善救災工作，在一九五二年，她見證了「菲華婦女會的成立」；從此，數十年來，她不但為菲華婦女地位和福祉的提高做了很大的貢獻，也為社會國家做了不少有價值的服務。

六十多年來，戴女士高瞻遠矚，為家為國，貢獻畢生的聰明才智。自早期戰前的少婦時代，鮮為人知的參與發動籌建巴西市中華學校及加洛幹市育仁學校……到菲華婦女會、菲華婦女養老院和菲華婦女之家泊康樂中心的先後創立，並購置會所；以至近年向應商總號召獻數座農村校舍，及捐建福建僑峰小學大禮堂、在鄉里鋪路，設置全鄉電燈；並重修林家祖宅……等等熱心公益善舉，都是她一本回饋社會及飲水思源的美德；和對振興教育，謀求婦女福祉，及關愛家鄉的愛心奉獻。所謂「一步一腳印」，在她生命史上已留下深刻的足跡，為後人踏出了發散著「人性光輝」的康莊大道。

她生平宅心仁厚，在九十高齡時，老當益壯，精神矍鑠。仍以扶貧救難，濟世為懷，化愛心為行動，經常把握行善的機緣：

一九九五年，欣逢她老人家九秩壽辰大慶，數十位兒孫本要晉觴為她大事慶祝；而她則深以時艱為念，規訓兒輩，不宴親友，毋事鋪張，切實遵行宗聯節約號召，以節省所費鉅款，移作

卹貧濟難及分贈僑社公益教育機關，充作福利金，貧寒補助金，施診贈藥，建校基金等用途；筆者當時曾經應邀到她老人家那滿置國內外政府及中外民間團體頒贈之獎座，獎牌、獎狀及獎章的辦公室，參與這份「愛的禮物」的分配工作……承她老人家熱誠款待，殷殷問及最需援助之社團及僑校；她還再三強調著她做人一向是要「雪中送炭」，而不注重「錦上添花」的處世理念……並蒙她老人家多多接納了我的推薦與建議，這是筆者深感欽敬及引以為慰的好事。

菲華婦女會在商總大禮慶祝一九九五年度國際婦女節暨會員聯歡大會，主席林戴秀容女士在致開會詞時，即慎重宣佈她欣逢九秩壽辰在即，兒孫們原欲為她捧觴舉辦祝嘏，聊盡孝敬之意；她堅辭此種糜費奢侈，願將慶壽取消；節約捐獻，充作社會慈善公益，補助教育，濟貧卹孤之福利用途。

兒孫們深感母教大義，遵從節約，共同湊足菲幣百萬，規定發給款額，要當場分發給有關的幾十個菲華教育慈善機構。

此外，另備撥送予菲國孤寡殘廢收容所……。

她還懇切地呼籲我們菲華姐們，要克盡天職，互相勉勵，亦要為菲國居留地盡力貢獻；也希望僑社賢達，對婦女會繼續鼓勵支持，更期盼本會全體委員，同心協力，和衷共濟，秉承傳統精神，犧牲奉獻，使會務得以順利進行……。

該筆百萬慈善鉅款，即依照預定款額，當場分發有關幾十個菲華教育機構和慈善團體，做到仁播其惠，普濟眾生的境界，實現她老人家一生扶貧救難，濟世為懷，興學助學的宿願，而她這種罕有的仁風義舉，當時亦深受僑社的讚揚及肯定。

今年，我們菲華婦女會在慶祝二〇〇一年度國際婦女節暨會員聯歡大會上，特別頒贈她老人家四面精緻的紀念金牌——由她的男女公子們代為接受——以肯定和感謝她六十多年來奉獻犧牲的豐功偉績。

她德高望重，又擁有一顆大愛的心，是一位極為知人善任的英明領袖。近年她雖年歲遞增，但並無減少對我們菲華婦女會的濃濃愛心，然而卻深感歲月不饒人，有力不從心之歎。為了避免影響會務，堅決辭職讓賢。在她知人善任的建議推薦下，新屆職員都是眾望所歸，展佈長才的女將。相信在林雪英、洪秀針和楊葉華年三位老前輩的指導，會長王李淑敏、執行副會長林珊瑤、副會長鄭黃秀容與李陳培智諸位女士的領導，及全體職員和諮詢委員同心協力推動下，必能繼續發揚本會的優良傳統精神，使會務與新時代共同邁進！

林戴秀容女士，在人生的大舞臺上，扮演過多元化的一流成功角色；特別是在菲華婦運史劇中，她老人家更是獲獎無數的天王巨星——即使在落幕之後，仍有熱烈的掌聲迴響不絕⋯⋯。

她的一生，如春花之燦爛，又似秋月的靜美。她將永遠活在我們的心裡；花落春猶在，她為我們菲華婦女會留下永遠美好的春天。

黃昏的阿波羅
——無名氏文學講座迴響

　　千禧年盛夏的四月上旬，蜚聲海內外的文學大師無名氏（卜乃夫）特應亞華作協菲分會之邀，在他令弟新聞界名人卜幼夫陪同下翩然蒞菲，主持了異常成功的文學講座和書法展覽，為菲華文壇掀起了陣陣「無名氏熱潮」；也為他的書迷及文藝愛好者帶來了振奮的訊息。

　　年屆八四高齡的卜老，雖似趕黃昏之約的太陽神阿波羅，但尚渾身是勁，散發著無限的生命熱力和光芒；他的後期作品，更是充滿了光與熱，照亮和溫暖了千千萬萬讀者的心靈，這恰是夕陽無限好，「只因近黃昏」的寫照。

　　這位氣宇不凡，文質彬彬，洋溢著詩人氣質和風度的大師；神采奕奕，且中氣十足，宏亮的聲音和風趣的談吐，一直吸引著每場慕名的讀者與聽眾，興趣盎然。在環繞濃濃墨香的晉總大禮堂的講臺上，他才氣縱橫，侃侃而談；出口成章，又富詩意和幽默感。聽了他的講演，就如同欣賞他在朗誦著一篇篇充滿靈性和感性的詩或散文，使會場瀰漫著溫馨親切，輕鬆愉悅的氣氛。名詩人瘂弦曾稱讚他是一位「披著詩裝的散文家」，著實是名不虛傳。

　　談到他的文學理念，廣西民族學院中文系講師呂明在評論「無名書」時曾指導出：「無名氏在《無名氏初稿》中說過：

「我嘗試在作品中創造一種強烈氣氛，它由三個來源組成：一、文字語言的具有音樂性的美的洪流；二、巨大的熱情洪流；三、人生哲理的思維洪流。」正是這三股「洪流」，構成了他獨特的風格……。

他一生在追求光明，探求人生真諦；他不斷力求進步，設法開闢自己的小說新風格、新內涵、新氣象——潛心於創作「文化小說」；其重要內涵：一是隸屬於文化生命的各種心靈經驗及其過程；一是對人類文化生命的終極關係，也可說是求索人類生命信念的最終歸宿。

他強調文化小說特別重視文字語言的表現技巧，而加強吞吐意象語、詩語言、抒情語、哲理語言和心理文字、藉以抗衡目前所流行的電視和電視藝術。文化小說也可成為一本人類靈魂風景畫冊、感覺風景畫冊。當中不只是每一章，甚至連每一節也可大多形成一幅人類靈魂風景畫，感覺風景畫、抒情風景畫、思維風景畫、人生風景畫……文化小說是整體的藝術，也是大畫軸式的藝術；更是人性風景的藝術。

正如他所提起的英國大詩人威廉・勃萊克的名句「一沙一世界，一花一天堂」所啟示的，從他的作品，讀者可以探索到宇宙間不同的人性內涵……他的創作理念，就是要以深入的觀察力和技巧，去探索和表達人生的真、善、美……。

這位享有「心靈藝術家」美譽的文學大師，在書中提過他曾恣意沉醉在天地間最純粹的「人性風景畫」中；他亦認為「我們不僅應該讀書、讀畫、也要讀人；「讀好人」可能比「讀好書」更重要……。

他強調我們讀者總希望從偉大的作品中激發人性的光輝；得到啟發智慧和提升精神，而喜愛文學欣賞是人生最大的享受。我深信讀者們正也可由他的偉大的作品中，享受到此種獨特美好的精神豐宴。

他博學多才，談鋒甚健；且能說善道，應答如流；特別是在「古今小說描愛情」的講座中，引經據典，由寫實主義及浪漫主義的小說，談到心理小說、意識流小說和存在主義小說及文化小說等流派；旁徵博引，如數家珍，列舉古今中外名家及作品，其中如：曹雪芹的《紅樓夢》、施耐庵的《水滸傳》、白居易的《長恨歌》、福樓拜的《包華利夫人》、托爾斯泰的《安娜・卡列尼娜》、斯湯達的《紅與黑》、雨果的《鐘樓怪人》、易卜生的《娜拉》、白朗蒂的《簡愛》、彌爾敦的《失樂園》、麥爾維爾的《白鯨記》、及喬哀思的《尤利西斯》……等世界名著，分別詮釋古今中外小說描寫愛情的「純」、「怕」、「悲」、「喜」四大情素；立論精闢，令人折服；又彷彿聆聽了一課精彩生動而細膩的愛情文學史，獲益匪淺，餘味無窮。

八四高齡的卜老，難得仍能擁有赤子之心，在答客問中，他坦然自認在創造文學新意時，曾受當代名著《尤利西斯》的啟發，喬哀思書中的奇句「MY MOUTH MOUTHS YOUR MOUTH（我嘴嘴你嘴）」就是他的鮮活文句「我心心你心」，「我意意你意」的靈感的源泉。在比較「小小說」與「長篇小說」的答問時，他以舒伯特的「小夜曲」及孟德爾松、貝多芬和柴可夫斯基的「小提琴協奏曲」來闡明兩者各異內涵；結

構、氣勢及功力……妙喻適當，言簡意賅，且條理分明，由此亦顯示出他精湛的音樂造詣。

他也駐顏有術，宅心仁厚而感情豐富；樂於與人分享養生延年之道──首在「不生氣」，不念舊惡，要有愛心，飲食起居有規律，要經常運動（在家居時日行兩千步！）他還興致勃勃地不惜現身說法：禪坐、盤腿、甩手、推掌、拍頭、搓鼻……生動而矯健的示範身段和架式，直教人目不暇接，大開眼界而欽羨驚奇不已！誠如藝術家蔡惠超先生讚歎的真是百年難得一見……而卜老仁慈開朗的胸懷，也可謂」唯仁者壽「的明證。

十餘年前，卜老偕他《塔外的女人》──美慧嫻淑而精通琴藝的馬福美小姐完成「黃昏之戀」的譜曲以後，生命的旋律更增添了無限光彩和活力。祝願他翱翔在廣闊的自由天地，老當益壯，以更充沛獨特的人生閱歷，為國人創造更輝煌偉大的篇章，進軍國際文壇。

原載於「菲華文學」第三集（民國90年）

懷念生命鬥士莊浪萍

　　「這……『水舞』的奇觀；在直覺上看，是噴泉、燈光、色彩、音樂和水花交織而成的奇觀：我們俗眼所見的，水如舞蹈仙女一樣，隱約中，見到是『飛泉形曲折、回水影蹁躚。』……數百個水柱的活動旋轉，配合百餘種燈光的彩色，使你想什麼便有什麼：水柱上升回降時成大小不同的圓形，配合上升水泉環接，借著各色燈光的幻射，水曲折成各種形態，成各種彩色的花樣；水下落池中，水池底下的燈光蕩漾，水波動彈，漫佈成了輕煙瀰霧，好似淩波仙子在『旋回、蹁躚』。配合立體身歷聲音響播放著：『探戈、華爾滋、亞哥哥』的熱門音樂，旋律、搖擺、跳躍……形成『水舞』的奇觀……」這是傳統名詩人莊浪萍（無我）先生多年前偕夫人瑞萍文姐漫遊台中名勝「亞哥（ENCORE）花園」後，發表在本島環球日報《文藝沙龍》中，描述細膩生動的遊記。讀後令人如親歷其境，悠然神往……。

　　莊老（無我）擅長傳統詩詞，新文學造詣亦高。他的文字出入新舊文學之間，為後輩所欽羨，是我們早期《晨光之友》一百零八條好漢中極受推崇的老大哥……他老人家早年一心想辦學，旅菲數月，即先致力創辦《仙範夜校》，後又發起創辦《晨光學校》、《南黎剎中華小學》，並創立《中國童子軍旅菲青年社會

團》。所以他也是一位傑出的童軍教練；而他的「一二三」這詼諧又有趣的筆名，該是「名出有因」的。

　　一生忠黨愛國，致力奉獻教育及文藝的莊老，早已受到各有關團體的肯定；雖然榮獲過中華民國教育部「陳天放」部長的獎狀，及僑委會甲、乙、丙獎狀；中央海工會文藝獎狀及臺灣文藝界多項獎狀與獎章；但他謙沖自牧，淡泊名利，從未以此自炫。

　　曾自喻逍遙無俗念，淡泊勝高僧的莊老，自一九七三年二度中風後，半身癱瘓，像一根被折傷的蘆葦，雖再也挺不起來，但他終以鍥而舍的精神，用無法控制自如的筆，艱辛地繼續發揮他熱愛文藝的熱情和潛力，先後在一九九零年自費出版傳統詩集，懷母思鄉情殷的《忘憂詩草》；並於一九九二年出版了人情味頗濃的溫馨詩文集「逍遙吟」，讓讀者更欽敬他的堅毅的生命鬥志……。

　　《逍遙吟》在愛心培幼園發行，祝賀親友盈門，劉大使宗翰亦親臨嘉勉；當時，莊老雖心志清明，但已語言含糊，不能言所欲言，他的滿懷感激之情，幸而透過他的「賢內外助」瑞萍文姐的周祥闡釋，使全場賓客為之動容，筆者亦感慨萬千。

　　瑞萍文姐曾說過莊老與《晨光》結了不解之緣。當做主編《晨光文藝》刊及傳統詩刊《雅風詩壇》時，他老人家尚抱著傷殘之軀，在瑞萍文姐悉心陪伴下，由老遠的MANDALUYONG住處，乘計程車到聯合日報王城內編輯部，親自校稿，風雨無阻！先夫芥子對他老人家為文藝鍥而不舍，竭盡心力的執著與幹勁，深感敬佩……走筆至此，又憶起一九九八年八月先夫芥子辭世

後，莊老與瑞萍文姐在第五期亞洲華文作家雜誌紀念「菲華詩人芥子先生專輯」中，情文真摯之鴻文，至今難忘，更深念友情之可貴……。瑞萍文姐又曾說莊老先生早將「晨光版」視為自己生命般的珍惜；記得那次我偕幾位文友相約至莊府探病，猶見成疊的《晨光文藝》合訂本，安然放置莊老病榻旁堆滿藥品和雜物的書桌上，等待他老人家「心血來潮」時，細細欣賞自娛，聊以排遣無情的歲月。

　　猶記幾年前莊老的哲嗣侃莊及莊莊諸位賢昆玉為他老人家慶賀七秩榮壽，在青山區設宴招待親友時，文友們都踴躍赴會，以表對他老人家的敬意及祝賀的熱忱……在滿堂孝兒賢孫圍繞中，莊老的精神異常煥發；當瑞萍文姐陪著我趨前向他握手致賀時，他竟緊緊地握住我的手，使我感到一陣莫名的驚喜。

　　再次見到莊老，想是前年在他令長媛莊莊莊老師假座計順市社會安全署（SSS）大廈舉行個人畫展時。那天適逢颱風過境，狂風暴雨，交通阻塞，畫展開幕禮未能準時舉行；當一位男護士在瑞萍文姐的護航下，推著輪椅上的莊老，緩緩地從懸掛著五彩繽紛，琳琅滿目的中西畫作中進入畫廊的一剎那，全場的賓客都愣住了一陣……我趨前緊握他老人家的手致賀時，他那左眼稍斜，嘴巴微張的臉上似乎沒有表情，但後來又以似曾相識的目光凝視住我教我心酸不已……。而瑞萍文姐，一直堅毅地強裝歡顏，周旋應酬於中菲賓客之間，想必已心力交瘁……。

　　莊老偕瑞萍文姐，這對恩愛患難夫妻，數十年來，相依為命，鶼鰈情深；他異常的生命力和鬥志；她無比的堅毅和愛心，讓人聯想到大愛電視《真人真事》連續劇《牽手人生》中，令人

可敬可羨的主人公，殘障的馬文仲和他堅強的妻子谷慶玉異常艱苦辛酸的遭遇；瑞萍文姐數十年如一日的苦撐堅持，無微不至的服侍，無怨無悔，在失望中永遠期望著奇蹟的出現，這也正是她當年和莊老由山盟海誓到盟堅金石的有力見證；教她真的是：「因愛著『他』的愛，因為夢著『他』的夢，所以悲傷著『他』的悲傷。幸福著『他』的幸福……因為路過『他』的路，因為夢過『他』的夢，所以快樂著『他』的快樂，沒有風雨躲得過，沒有坎坷不必走，所以安心的牽著『他』的手，不去想該不該回頭……。」

如今，莊老無我先生，已走過他人生坎坷的歷程，乘鶴西歸；相信他必已隨著清靜無為的莊子在太空作無憂無慮，自由自在的逍遙遊；敢慰瑞萍文姐：您曾經夢過「他」的夢。

如今，敬祈亦能快樂著「他」的快樂，請多多保重，善自珍攝。

　　　　　　　　載於《菲華文藝選集》第五集（二〇〇三年）

國際樂壇女強人郭美貞

　　闊別菲國十餘年的國際名指揮家郭美貞（Helen Quach），
應邀臨菲，重登樂壇；於去年四月中旬，在菲文化中心（CCP）
指揮馬尼拉交響樂團（MSO），特為該團的基金會籌款添置新
樂器；亦為慶祝「菲律賓（St. Scholastica School of Music）」創
立百年紀念，與菲華名鋼琴家許林韻雲（Christine Coyiuto）首
次聯手舉行了這場盛大隆重的音樂會。

　　當晚，她以靈活多變的魔術指揮棒，率領馬尼拉交響樂團，
成功地奏了：樂聖貝多芬雄壯的「蕾奧諾拉」第三號C大調序
曲、俄國音樂大師柴可夫斯基莊嚴的第五號E小調交響樂，以及
由菲華擁有「菲律賓鋼琴女詩人」美譽的許林韻雲主奏的，挪威
「音樂文化國寶」葛利格甜美的A小調鋼琴協奏曲。

　　馬尼拉交響樂團老青少三代同台的樂員，練習時在郭美貞一
切要求完美，柔剛並施的嚴謹訓練下，合作無間，精神抖擻，精
益求精，認真落力；所以演出極為精彩；而主奏許林韻雲嫻熟精
妙的演奏技巧，和高明含蓄的詮釋手法，在郭美貞嚴謹、細膩而
靈活的獨特指揮率領下，與樂團亦合作無間，充分表現了頗為融
洽的默契。將葛利格的鋼琴協奏曲中，歌頌挪威民謠及民間舞曲
的神韻，詮釋為情趣各異，而充滿詩意的「音畫」，著實令人陶
醉激賞。

　　尤其難得的是，柴可夫斯基這首以「命運」為音樂動機的傑作，第一樂章的行板前奏，是節奏感非常強烈，象徵命運的進行曲。當郭美貞齊伸她的魔術揮棒和能言的左手，靈活而嚴謹地提示著整個樂團；每個樂員都很認真投入，落力奏出陣陣雄壯、莊嚴的旋律，似乎象徵著上帝的降臨人間……直至她使勁地高舉她能言的左手和指揮棒，將第一樂章有力地推向雷霆萬鈞的高潮時，全場興奮的觀眾陸續報以長達數分鐘的掌聲；這種在樂曲的第一章剛奏完時所帶來的熱烈反應，誠是菲文化中心歷年所罕見。

　　在該場成功的音樂會過後不久，我和懿妹到她的摯友李其昌夫人府上作探訪；她的魅力不減當年，那頭飛霜的短髮，覆蓋著發福的圓圓娃娃臉上，兩顆靈活的大眼珠，仍是那麼炯炯攝人。而在我倆久別重逢的相擁後，她臉上綻放的爽朗笑容；親切的握手和廣東話的問候，使我驟然憶起數十年前美好的往事……

　　當她接受了先父的老友菲律賓名藝術經紀人——Raphael Zulueta先生聘請首次來菲時，先父李柏泉公和我相偕到國際機場接機所晤見的她，罩在當時最流行的淡色迷你西裝裡，不施脂粉，自然有一種青春之美，一頭發亮的短髮下，可愛的圓圓娃娃臉上，那雙攝人的大眼睛，特別靈活有神，充滿著青春的期待……當她得悉先父和我是粵僑時，便很自然地以廣東話和我們交談，頗有他鄉遇故知之親切感；看得連Zulueta先生也驚奇起來……可惜先父和老友Zulueta先生也辭世多年，而樂壇女強人的她，這十多年來也深受癌症的痛苦折磨，一度曾經「停擺」，息影澳洲……令人惋惜。

遙想當年她首次在美菲音樂廳登台，指揮最負盛名的馬尼拉交響樂團MSO演出：精湛嚴謹，獨特靈活的指揮技巧，立即風靡了全場的中外觀眾，令人驚嘆激賞！

猶記三十多年前，在菲文化中心（CCP）落成時，她率領了她創辦的台北中華兒童交響樂團，在新穎完備的文化中心極成功地演奏了兩場，在國際文化交流史上，寫下了絢爛的一頁。

隨後，她曾二十多次應邀來菲，指揮菲國數大樂團作巡迴演出；每場都深受中外愛樂人士的熱烈歡迎，更獲得樂評家的激賞和讚譽；讓我們菲華僑胞也分享了她輝煌的成就。今年正月，這位「指揮台上的女王」（Queen of the Podium）再度翩然臨菲，籌劃意大利歌劇大師普契尼的「La Boheme」的盛大演出；近日又應Makati Bel Air Cultural Center之請，將於二月二十四日下午六時正，指揮馬尼拉交響樂團（MSO）在坐落Solar街的「Makati Bel Air Multipurpose Hall」舉行一場文藝氣息濃厚的公園音樂會（Concert at the Park）；免費招待愛樂人。

該場音樂欣賞會，曲目精彩豐富：由歌劇大師華納的序曲揭開序幕，將源源推出多首古典名作曲家不朽的精心傑作；間中有小提琴協奏曲及交響樂曲；而美大作曲家兼指揮家伯恩斯坦的百老匯舞台歌劇「The Westside Story」中多支膾炙人口的選曲，則為壓軸的獻禮。

郭美貞，這位樂壇的女強人，其實她目前尚未痊癒；真令人油然興起「英雄不堪病來磨」的無奈和感慨！幸而她仍堅持以不屈不撓的鬥志、毅力和信心，在神的護航中，改變了生活方式，又從一種「HU」——上帝之光與聲的「ECKANKAR」宗教中學

習經常靜坐瞑想，低吟對上帝愛之歌……還用多種天然藥物和心理精神治療；近年終於掙脫了癌症的枷鎖，走出病痛的陰影；要東山再起：充滿自信，重新拾起她最愛的魔術指揮棒，勇敢地重登樂壇，以最美好的音樂和愛心，榮神益人。

載於菲華作協散文集「椰島相思」（二○○八年）

舊夢縈迴記芥子

　　菲華文學第三集徵文，友好建議將前年（一九九〇）發表於聯合報《晨光》週刊的那篇紀念先夫芥子的文章整理重登，讓他的生平事蹟，得在菲華文藝園地上留下雪泥鴻爪，以資緬懷。

　　早於一九八五年，菲華文藝協會曾計畫為會員出版專集，決定最先著手的是芥子的作品；當時他推說自己寫的東西未夠成熟，滿意的作品尚未發表……因此，這事就在無形中擱延了下來。直至他辭世之後，文協仍好意要為他出書；而他的妹倩黃根本與胞妹許敏慧伉儷亦熱心要替他出版作品全集，但皆因尚有部份資料未搜集齊全，而至今未能面世。

　　芥子姓許名榮均，號浩然，原籍福建晉江，是革命先烈許卓然將軍及廈門江聲報社長許榮智的堂弟，一九一九年八月七日出生於南中國的「海上公園」廈門鼓浪嶼，兩歲偕姐許貞治隨雙親許宗煥公與蔡氏夫人來菲居住DAGUPAN市。髫齡回國就讀教會名校英華書院。第二次世界大戰前返菲，淪陷時期與柯叔寶主編《大漢魂》，光復後，倆人又合編大中華日報長城副刊，組織文藝團體「默社」，出版菲菲華第一本文藝選集《鈎夢集》。一九五一年，菲華文藝工作者聯合會成立，被選為常務理事。

聯合日報總編輯施穎洲於行述中說：「芥子先生是三方面的傑出工作者，除了文藝工作外，他是傑出的社會工作者，忠貞的中國國民黨黨員，替黨做了四十年工作，他最後的崗位是菲華文經總會辦公廳秘書」。

芥子先生也是一個傑出的新聞工作者。畫家王禮溥介紹他早期的成就說：「許芥子於日寇佔據菲律賓時與柯叔寶同為抗日義勇軍成員、負責《大漢魂》編務。光復後，縱橫菲華文壇，他的新詩，洋溢著濃郁的音樂性，表現著獨特的天賦魅力。五十年代任職《大中華日報》，撰寫《自由談》與《子不語》專欄。平素沉靜寡言，是一位默默耕耘的典型人物，領導「文聯」工作，他卻表現著堅忍的毅力。

如果說，詩如其人，氣質決定風格，芥子性格內傾，是以形成婉約的詩風。

談到詩風，詩人本予在「稜稜峰石——悼念杜若、芥子和亞薇」文中也說：「芥子的感情是較為細膩含蓄的，他少在詩中運用豪放的手法，但這並不意味愛國心落於他人之後，試看他的《故國夢重歸》一詩，便可見其詩之深遠，超乎他自己的時代。」

大中華日報時期老同事，現任環球日報總主筆陳齊治在悼念芥子提到：「平時，他大部份時間生活在獨有的內心世界中，但這種現象並不代表他不善言詞，有時話匣打開以後，他比任何人的話都要多，且見解獨到，不同流俗。」

對於文化事業，他有過人的熱愛，他始終如一堅守崗位，即使自己沒有多餘的時間從事創作，但他對後者盡心鼓勵、栽培，為菲華文壇的勃興克盡心力。

　　《玫瑰與坦克》（菲華詩卷）主編臺北女詩人張香華介紹芥子說：

　　「歷經二次大戰侵略者鐵蹄的踐踏，他的詩比起後起一輩詩人，心情多了一份侘傺，感情則更富一份纏綿，綺麗的筆調和深邃的哲思，隱約從他的詩中透出，而以「芥子」為筆名的寄意，讓人辨識他的為人。他的筆調除了用於寫詩，還擅於縱論國事，當過社論主筆，他寫作的領域遼闊、新詩之外，散文、小說、戲劇、雜文都是他馳騁的草原。現任聯合日報國際新聞編輯，也是一種跨國性的文字傳播。」

　　專欄作家龍傳仁在《文星殞落》一文中說：「菲華如有文學史，芥子以他的新詩，便占重要的地位，芥子寫出菲華作品中少數不曾受時光淘汰的詩。論一個作家的地位，應以其作品而定，以此，芥子是無疑問的菲華最偉大的作家之一。」

　　有人說，寫詩的人，不會做生意，以這句話形容芥子，確實非常恰當，他在人生舞臺上，數十年如一日，始終扮演著報人與社會工作者的角色。將近半世紀的時間從事文藝創作，迄今沒有結集問世，他的作品只散見台菲報章雜誌，其中有不少被收於海內外文藝選集，如：《鉤夢集》、《海》、《菲律賓的一日》，《菲律賓華僑新詩選集》、《菲律賓華僑散文集》、《菲華小說選》、《菲華散文選》、《文藝橋》、《菲華文藝》、《六十年詩歌選》、《玫瑰與坦克》、《菲華文學》等。

　　芥子熱愛音樂，他的新詩譜上樂章最早發表過的有：《年青的神》（是送給我的定情禮物），施養安作曲，名歌唱家佟鋼獨唱，灌成唱片。《黃昏之歌》、張貽泉作曲，女高音陳真美於個人獨唱會演唱。《亞加舍樹下》，歐陽飛鶯作曲，一九八八年文藝節晚會楊少森獨唱。

　　另抒情詩《獻》經菲華大作曲家黃楨茂先生譜曲，再由名小說家施約翰君英譯；此詩係芥子六十年代早期之題畫詩──自英國大畫家SIR THOMAS LAWRENCE之傑作《PINKIE》啟發靈感的寄情詩，感情細膩，含蓄自然。

　　該曲旋律優美，充滿感性，反覆的結構與樂句，強調詩人愛情的真摯；流暢的伴奏，亦簡潔生動，貼切清雅。

　　《獻》本為獨唱曲，一九八九年八月中旬由菲華男高音楊少森演唱，音樂家史美海鋼琴伴奏，錄音分別於菲華正義之聲與華聲二大廣播電臺播放，頗受歡迎，並循聽眾請求重播。

　　後應愛樂者之請，再由原作曲家黃楨茂先生好意增編為四部合唱曲；於一九九〇年六月由馬尼剌愛國校友合唱團首次演唱，特請僑界名音樂家孔國嬿女士指揮，柯美琪小姐伴奏，正可謂係菲華樂壇難得之「大合作」和創舉。

　　當晚演唱時，先由男低音伍瑞明朗誦，加以西洋笛及鋼琴伴奏，導入四部大合唱，增濃了羅曼蒂克的情調。

　　很感謝馬尼剌愛國校友會合唱團特別安排「獻」為慶祝校慶音樂晚會的曲目，讓先夫芥子的詩情能再度復活，化為美好的樂韻，乘著歌聲的翅膀，隨著「星夜的迴響」，自由歡愉，翱翔臺上。

芥子另一題畫小詩「孤帆」，洋溢著神秘的玄思與音樂性，此詩又蒙菲華旅英青年天才作曲家莊祖欣（JEFFREY CHING），雅愛，特為譜曲，將於近月完成，筆者謹向施、莊二君致深切的謝忱。

芥子常以菲華文壇未能積極培養接棒人為念，但近年來欣見不少新銳閃耀光芒，不少文藝團體也已注入新血，增強活力，這使他對菲華文運的前途充滿了信心與希望。

芥子的人生觀是積極的，在給一位青年人的信上，他說：「人生的苦樂參半，苦與樂也是相對的，年輕人，切忌消極，光明的前途是自己創造出來的，每個人都有同樣的機會。」然而，人生的際遇，有時和理想抱負總會有一大段的距離，芥子在他的作品中，也表達了這種意念。

中央駐菲特派員方鵬程於「春去也——懷念芥子」文中談芥子的「無題」說：芥子的《無題》，可以體會他在少年時代會有遠大的理想，然而，人生的際遇使人浮沉不定，別提年輕時的壯志了。

邯鄲逆旅何來盛世豪華，辛酸歲月與慷慨悲歡盡入壺中，他擁有自己的天地和自己的夢。

正如文壇新銳束木星所感歎的：「這時代做一位文人是一種悲劇，尤其是不善鑽營，常持赤子之心的文人更甚。繆思似乎在開詩人的玩笑，給了他看穿世俗的慧眼，卻不予詩人具有改變現實的能力，或許真、善、美的境界是用一顆血淋淋的赤心來體驗吧？」

記得一九七八年第二屆亞洲烈出五姓宗親會在馬尼拉召開，芥子被委為大會紀念刊主編，在百忙中他毅然負起艱巨的任務，

每日晚餐後心力俱疲，仍振作精神，在燈下孜孜不倦地整理資料，撰寫文稿，終於完成了美觀大方，內容充實，厚達一寸的巨型紀念特刊。

一九八五年十二月，第二屆亞洲華文作家會議在馬尼拉舉行，芥子亦應邀出席參加，於會中他和我連署提出了兩項臨時動議：

一、灌製富有文學教育價值之「亞華作家之聲」錄音帶、錄影帶或唱片，推廣流傳於各地區，以促進文藝交流。

二、配合每年「五四」文藝節，各地區文藝團體聯合當地華文學校舉辦亞華文藝活動。以上兩項臨時動議，雖獲大會通過，可惜至今仍未見施行。

芥子一生忠黨愛國，自從十餘年前服務《文總》以來，憂國憂民的情懷更濃了，記得有一個晚上，他在睡夢中向故總統蔣經國先生慷慨陳詞，把我從酣睡吵醒過來，當晚我倆都為了多難的祖國和僑社的前途唏噓歎息，久久不能重回夢鄉。

近年來他經常咳嗽，身體逐漸消瘦，目力日退，有患白內障癥象，受到精力及體力限制，因此，形成精神上的苦悶。

我和孩子們都勸他暫時請假休養，他都以體力尚好而堅決推辭。後來腹部漸感不適，經超聲波掃描及電腦斷層檢查結果，證實是肝藏發生毛病，我和孩子們又苦勸他不如先停下一方面的工作，以減輕身體及精神負擔，但他仍不同意，還很認真的說：「白天我為黨國出力，晚上為報社服務——這是我的天職和志趣。」他就這樣固執地一直忠守在這兩個崗位上。

一九八七年八月八日「爸爸節」，他像往年一樣高高興興地享受孩子們為他安排的慶祝節目，孰料次日突發高燒，尿道不

通，入院醫治。後來更由肝疾引起急性併發症，三位醫師搶救無效，至十一日上午九時半與世長辭，當日本是天氣晴朗，下午竟驀然來了一陣大風雨，似乎應了他在無題中「從北到南，從南到北，破舊的地圖中流轉，可憐有如朝聖的行腳僧，來時風沙，去時一身雨雪」的讖語。

傳統詩人莊無我於悼文中說芥子：「其正氣為人，令人敬佩，砥柱負松，亮節冰清，不爭名，不謀權，不阿不激，無私無偏，盡職守己。」在人世間，芥子可說並沒有白走這一趟，只是，他去得太快，去得教人好不甘心，他沒有帶走末世的虛名和浮華，卻留下給孩子們和我無盡的愛。他平素自甘淡泊，始終保持自尊和正直的襟懷。在別人心目中，他也許是個不苟言笑，趨於保守的人，但在家裏，他風趣開朗，妙語如珠，加上如數家珍的故事軼聞，有趣滑稽的社會百態，常常使餐廳洋溢著歡悅的笑語。

芥子對妻兒寵愛而體貼。在有限經濟能力下，他要讓我和孩子過著相當豐富的精神生活，他覺得金錢不能滿足人生的一切，更無法解決所有問題，只有愛，可以為家庭帶來真正的快樂和幸福。為了成全孩子們的願望，讓他們有機會投入祖國溫暖的懷抱，接受中華文化薰陶，他儘量籌措安排，在嫻兒、衡兒和禎兒大學畢業時，使三姐弟參加菲華青年回國觀摩團，前年元旦，我們全家大小到一舒適的餐廳享用了一頓豐盛的中式午餐，他特別為我向菲鋼琴師點了我很愛聽的英國民謠和我國的愛國歌曲「梅花」。現在，當我含淚寫此文的時候，他的音容笑貌彷彿又緊緊地隨著琴韻迴蕩在腦海裡。

　　芥子純情而多情，不過他的愛是含蓄的，不善於在人前表露。

　　一九八八年，在他和我永別後的第一個情人節，我捧著和他相愛三十多年所珍藏的情人節卡片，默默地反覆低吟著情意綿綿的詩句，依稀又看到他含情脈脈的眼神，聽到他熱情真摯的心聲，那飄逸的手澤，摸來好似尚有餘溫，一張張經過他細心挑選精緻典雅的「愛的小簡」，就像一顆顆晶瑩珍貴的愛情的珍珠，讓我以串串的淚水，連成刻骨銘心的相思。

　　他曾經對我說過，在人生的旅途上，從事文藝的道路是艱苦漫長而寂寞的，而且告訴羨慕他的友人：「且別為我慶賀這末世的虛名，漫漫長夜有人陪我受苦。」在漫漫的長夜裏，我真甘心情願陪他受苦，然而自從一九五六年跟他長相廝守，這段只有充滿著愛與被愛無風無雨的美好歲月，就足夠我終身回味咀嚼。

　　和他結伴相依同行這三十多個年頭裏，他的寵愛、他的體貼、他的關切、他的指引，使我深深地感到，他是我終身的良伴，有時又如兄如師如友。他使我慢慢地體會真愛的意義。所以當我有一次在美菲音樂廳聽到臺北婦女寫作協會文友合唱團在合唱「愛的真諦」時，我又深深地憶念起他。我在台前默默地淌著眼淚、聽著、聽著文友們和諧莊嚴的歌聲為我傾訴心中的感受！

　　「愛是恆久忍耐，又有恩慈，愛是不嫉妒，愛是不自誇，不張狂、不做害羞的事、不求自己的益處，不輕易發怒、不計較人家的惡、不喜歡不義，只喜歡真理。凡事包容，凡事相信，凡事忍耐，愛是永不止息。」

我一直在暗中難過，然而，心裏卻迴旋著一股愛的暖流！有
他永遠長駐在心頭——我是多麼的幸福，我曾經真的擁有過這樣
純潔而永不止息的愛。

《菲華文學》第三集轉載自一九九〇《晨光文藝》副刊

第九輯

簡介文友文章

遊蹤何止萬里行

青萍文友與夫人秀蘭姐，鶼鰈情深，平日相偕遨遊四海，放眼天下，足跡所及，他常以妙筆留下雪泥鴻爪。自一九九四年至今，出版了三輯圖文並茂的文學遊記——寰宇記遊系列「行萬里路」；輯輯皆精彩，耐人尋味無窮。

最近問世的第三輯，封面以醒目光滑《浮雕》書名，配上世界各地文化特徵菁華，構成一幅恰似攝影大師郎靜山的集錦傑作，設計新穎多姿，看來賞心悅目，油然興起先睹為快的迫切心情。

全書編排亦別出心裁，五卷篇章，分別冠上：兩岸依依、亞洲、歐洲蹌蹌及隨遇喋喋等提綱挈領，頗有詩意的副題；而「瀛寰鴻爪」一章，作者政要好友賜函之手跡，更使書頁散發著濃濃的書香墨韻，特具紀念性與歷史價值。

他福慧雙修，有幸遨遊天下奇景，亦能寫盡天下異事，由於博學多聞，觀察入微，又分析精確，文中常有人所未見未聞的經歷，引人入勝，趣味盎然；筆下更常帶感情，字裡行間也流露著「悲天憫人」的書生本色，和「先憂後樂」的時代意識……給予讀者無限的想像空間；則他的記遊又何止是「萬里」之行？

他又閱歷豐富，文筆精練，且思維敏捷；縱使是舊地重游，筆下仍常有新意。此可見證於其三遊造紙王國瑞士的各輯篇章；

特別是第三輯「瑞士的啟示」一文，益見作者的博學強記，敘事詳盡，報導正確；並以古鑒今，論事精闢，發人深省……。

田菁文友的大作「行萬里路」，不僅是真、善、美的文學遊記，也是研究史地的珍貴資料，更是圖文並茂的導遊指南。祝賀此第三輯本週末隆重發行，並冀望能廣以流傳，為本二十一世紀的「地球村」提供一份深具意義的「寰宇記遊」獻禮。

載於《行萬里路》第三輯（二〇〇一年）發行紀念特刊

致意
——為學無涯出版詩文選集祝賀

　　好友酈群新第一本詩文選集「寄意天涯」近日問世，首先我要向她致上深深的祝福。這是菲律賓華文作家協會出版的第五本叢書，亦是作者群新在千禧年給菲華文壇和文友的一份誠摯的獻禮。

　　《寄意天涯》是群新寫作多年來作品的選集，書中五十四篇散文及八首詩作，分別刊載於菲律賓《世界日報》副刊、世界廣場及《聯合日報》、《商報》、美國《世界日報》、泰國《新中原報》，並被收入《菲華文藝選集》與《菲華文學》等叢書。

　　顧名思義，此詩文選集之題材，大多擷取作者於《天涯海角》遊蹤所及的，寄意山水，寄情人物之作；洋溢著她對國家同胞之愛，對友誼的摯著，對親人師長之感念和尊敬，還有對周遭現實環境的不滿和無奈的情懷。文筆樸實無華，真情流露，讀來讓人頗有親切之感。而文友王勇典雅的編排，素玲新穎鮮明的封面設計，令選集更為生色；書中及封頁內配上了深具歷史價值的圖照，也提高了全書的可讀性與紀念性。

　　她曾經對我說過，在學生時代，她寫作是為了滿足自己看到文章變成鉛字的快樂，以後隨著閱歷與學識的增長，寫作就漸漸成為她耳聞目睹，心有所感的心情表白和抒發和讀者分享之橋

樑。她自認是個平凡的家庭主婦，生活平淡，見聞有限；雖然常常想寫、愛寫，但往往找不到理想的題材，與落筆寫文，有時還會有力不從心的無奈……。

凡是認識群新的人，都知道她是位良母賢妻型的好女人，與王建忠先生更是鶼鰈情深。在相夫治家，含飴弄孫之餘，她愛好文學和文藝活動；為個人的興趣而醉心寫作。靈感來時，常把大千世界中的人生百態，身邊瑣事，透過細心的觀察，不作刻意的安排，以真摯的感情，樸實的筆觸，自然地營造成一篇篇輕描淡寫的文字結晶，與讀者分享她心靈深處的感受。

而最難能可貴的是：在她近乎平凡的日常生活中，往往會湧現出一些極不尋常的際遇，把她的生命點綴得多姿多采；有時甚至會使人將她的古道熱腸，為善最樂的善行，傳為佳話。就如書中提到她和中國棋后謝軍、影帝劉瓊，大文豪無名氏兄弟由相逢，相識到相聚的稀有之人生小插曲，寫來真是趣味橫生，引人入勝。可惜限於篇幅，未能一一舉例闡明。

她一向謙遜虛心，好學敏求，治學甚勤。她的筆名「學無涯」，就是來自「青山有路勤為徑，學海無涯苦作舟」這副名聯的啟示，這也是她最欣賞的治學座右銘。

至於她的為人與為文，在泰國華文作家曾心的序文及「附錄」，北京《光明報》馬尼拉記者張川杜和忙子的報導，以及中國暨南大學教授潘亞暾的鴻文，自有詳盡的評論與肯定，讀者細讀全書，相信亦會深有同感。

在寫作的過程中，她是只問耕耘不問收穫，這位謙虛的自學業餘作家，近年來寫作的興趣更濃，文筆亦簡練流暢。

　　她這本詩文選集，是在文友熱烈鼓勵和敦促下才毅然結集的，也算圓了她多年來醉心寫作的夢；同時也用以回報關愛她的親友贈書予她的文友們……。這著實是一件要為她特別高興和祝賀的好事。

　　群新第一本選集的詩文，我相信是作者對文學的熱情寫作毅力的結晶，而不能說是她最滿意的傑作；我期望在未來的歲月裏，祝福她還有更多更滿意的作品呈獻給菲華文壇，為菲華文學園地帶來源源滋潤的甘露。

　　　　載於《寄意天涯》發行紀念特刊（二〇〇〇年十一月）

詩文輝映的異彩

　　菲華文壇喜訊頻傳，最使我高興振奮的，是老友林忠民（本予）的作品要結集問世。將為文友們呈上一份散發異彩的心血結晶。

　　菲島光復後的四十年代，忠民即以筆名本予馳騁菲華文藝園地，是位很有天賦和潛力的青年名詩人。在菲華文藝工作者聯合會成立前後，他和施穎洲前輩、杜若、亞薇與先夫芥子以及各文藝社的文友，共同努力耕耘菲華文藝園地，雖未見碩果纍纍，但亦芳草如茵，繁花盛開，充滿生機……。

　　可惜數十年來，杜若、亞薇和芥子與多位文壇健將相繼辭世；幸而長江後浪推前浪，江山代有才人出，各領風騷者頗不乏人；且菲華文運的浪，在時漲時落之中，尚有多位熱心人士大力支持及推動，已漸漸掀起「自費出書」和「為作家出書」的熱潮，給予文藝界的朋友很大的肯定及激勵。而老友忠民的選集《再生的蘭花》即將出版，真是值得大大的慶賀。

　　月前，摯友若莉好意要我為忠民的結集詩文寫點感想，我雖筆拙，卻是義不容辭；更以再睹為快，事實上，老友的作品，我向來極為喜愛，幾乎篇篇都讀過；特別是他早期和中期的篇章，芥子和我都曾經再三地共同欣賞過。最近有機會重閱，無限感慨，也倍覺親切溫馨。

　　相信讀者都會同意忠民是位很有天賦的詩人，亦是才華橫溢的散文高手。他又博學敏求，中外文學造詣深厚，作品充滿靈氣和哲理，且洗練高雅，耐人尋味，樂於探索。

　　青年時代的詩人本予，文質彬彬，風度翩翩，是一位溫文爾雅的謙謙君子。他早期的作品，似乎是完成於慘綠少年，不識愁滋味而強說愁的羅曼蒂克年代。《芳草夢》與《昏樹暝花》這兩篇唯美派的成名作，充分流露著傳奇性的夢幻情調，清新婉約，讀來令人悠然神往。

　　然而隨著歲月學養的增長，他中期及後期的作品，格調更臻化境，且氣勢雄渾，哲理深邃，頗有學者之風。

　　《再生的蘭花》，是他情有獨鍾的一篇以抒情文形式表達論說的精彩作品。作為選集的書名，意義特別深長。這脫胎自學者陳之藩《失根的蘭花》而更富積極性的書名，充滿希望和生機，給讀者很大的啟示。正如名女詩人蓉子「只要我們有根」詩中所啟示的：「不管外在的環境多麼惡劣，只要我們站穩腳跟，堅定不移，必能度過難關，再創新機」……「枝繁葉茂，宛如新生」。

　　忠民在文中提及「……今日海外華人，看似無根，萬千蘭種，從失本土膏壤，卻根著五千年文化的內涵，充滿生機。」……「中國文學的底子既是水深土厚，今後，《失根的蘭花》那種向下紮根的毅力，是否能轉向上散發生命的香氣，則有待大家不斷的努力了。」這就是他為愛國情結所繫，對中華文化傳承建言的心聲。

　　他的建言，往往閃爍著智慧的光芒，這可見證於：《天意先存人心》、《桑葉喂幾停》、《蒲公英之獻》及《懷舊與覓根》

等篇；真是思路寬、視點高，充滿當代知識份子入情入理的論調，使人折服，請讀者悉心探索回味。

本書的詩選，都是忠民得意之作；可惜我是詩國的門外漢，但重讀起來，依然是感受良多：從他早期《都逝了，古老的夢，失敗的英雄》這首短詩，特別見出詩人本予的宅心仁厚和罕有的──歌頌失敗英雄林阿鳳的高尚情懷，在豪壯中透露著悲涼之意。

《洪滂風雲》這首頗具唐詩宋詞韻味的愛國詩作，字裡行間都湧現著：蘇武、荊軻和文天祥……等民族英雄的豪情壯志。其中每節引用「數字」和「量詞」的副題──「一聲笑」、「兩滴淚」、「數回恨」、「多次愁」和「幾度的喜歡」，更見巧思；加上名小說家施約翰「信、雅、達」的英譯，此詩真可稱得上是菲華中英互譯詩的雙璧。

美學評論家朱光潛說過：「人生本來就是一種廣義的藝術，每個人的生命史，就是他自己的作品」，忠民是以他豐富的人生閱歷，開闊的視野、深厚的學養和充沛的感情，以他銳利精緻的筆觸，揮灑出動人的作品，寫下自己完美的生命史。

他在《三代之愛》的回憶中，將自童年到中年的體驗，醞釀成一連串又悲又喜的經歷，娓娓道出純樸罕有的祖孫三代之愛，使人不禁想起他那可媲美「陳情表」中李密對其祖母的純孝大愛情操而慶幸欣羨。

至於《而今正是春天》、《稜稜峰石》、《模範中正人》各篇中意懇情真，洋溢著對好友故人的哀思和深深的友情，很教人感動。

　　他博學強記，思維縝密，才華過人；且有豐富的聯想力與想像力；寫作技巧，已臻化境。而修辭的運用，更是靈活多變，恰似串串明珠，令人賞心悅目。

　　我特別欣賞他散文中妙趣橫生的譬喻：例如他運用明喻來比沈從文七十年代的作品，且看「懷舊與覓根」第三段：「讀者看他的作品，如觀鷹換羽毛，但見其新，不知其舊。」這是運用妙喻的簡練手法。

　　又如《文字因緣，千里同心》第十二段：「無論如何，兩度敬老，總算送上三根『鵝毛』，一是紀念牌，二是象徵性的敬慰禮金，三是海外十四區作者的無限關懷。他用「鵝毛」來借喻並謙謂千里兩度敬老所表達的三種濃情厚意，使全段含蓄的文意得以具體的呈現。至於「設問」的修辭法，他也運用得很貼切高明：《為母校籌建「中正大學樓」告校友書》第三段：「……試加以想像，三五十年之後，如果尚有華生，不知是否還有華文教師？如果沒有華文教育，那時的華生是何種典型？華社的興衰，關鍵在於此刻的未雨綢繆。」這連續兩句的懸問，引人思考，使他的論點更深刻有力。

　　忠民是很虔誠的基督徒，恰巧在聖週期間，重讀他的聖經人物簡介……深感透過他對聖經學養和虔誠的宗教信仰，為我將艱深的聖經內涵，作了深入淺出的美好注腳。

　　他的口才，一如他的文筆，同樣誠懇動人，且出口成章，常作驚人之語，讓人留下深刻的印象。在好友小四文集發行會的講詞中，他言簡意賅，以充滿感情的溫馨話語，將菲華文壇才女的罕有成就，很自然的和與會人士分享（請讀者參閱本書講詞）。

他又有神來之筆，能充份發揮切合詩文題意的文思，且博學強記，對命題功夫，妙手成天，令人激賞。例如《掀開蚌殼見明珠》——序君君小說集，題目本身是很好的借喻，以明珠譬喻董君君的大作而加以肯定與激賞。

他嘗得意地向我說過，芥子是「最先得我心的知友」；使我想到孟子：「人之相識，貴在相知，人之相知，貴在知心」的啟示而對他倆彼此擁有誠懇珍貴的友誼欣慰。

他偶有靈感湧現，每得新意或妙詞佳句，必先和先夫芥子分享；有時，我也有幸在場分享他們倆切磋暢談的愉悅……可歎人生如朝露，先夫芥子辭世已十多年，這種溫馨往事，早成追憶，想來令人不勝唏噓；然而，芥子天上有知，亦當為生前摯友作品的結集問世，擊節莞爾……。

現在，我要引用忠民自己的話，願他「天佑歲數，遐齡筆健，著作不休，後期且勝前期」來祝賀《再生的蘭花》的出版；也預祝他的結集源源面世。

　　　　　　載於「再生的蘭花」（二〇〇三年二月）

恭喜，加油，祝福

　　摯友若莉的文思靈感結晶「九華文集」發行，理應向她多多致意，但自知拙於言詞，心想僅說兩三句話即可；然而又覺得過於草率，對不起老友，唯有多講幾句深藏心裡的話：

　　多年前，當老友忠民大哥出版了洋溢著濃厚愛國情操的「再生的蘭花」文集，為菲華文壇增添了亮麗的成績單；我就一直盼望若莉能早日將她的傑作結集；也許由於當時的篇章尚未足，不能成書。如今，她的文學心血結晶「九華文集」要發行，這部「質」「量」超重的上乘結集，各篇的字裡行間都自然地湧現著九華感情的真，立意的善或行文的美之魅力，讓讀者愛不掩卷；且已有多位文壇高手精闢的析賞，恕我不多置贅言，唯有深感倍加興奮和欣慰，誠是可喜可賀！

　　猶記十多年前，從台灣聯合日報讀到忠民和若莉這對菲華文壇佳偶，以忠民組織的「亞華文藝基金會」的名義，與各地區的董事同仁，特赴北京向嚮往已久的文壇大師致敬的報導及照片，覺得真是意義深長而感動不已。更為菲華文壇的有心人能落實他獨特的理想而慶幸！說來這敬老尊賢的我國傳統美德尚維持至今（第十五位接受致敬者是我們菲華文壇泰斗施老總穎洲老伯）。忠民和若莉不僅緬懷過去而做出特殊的貢獻；他倆對當下的菲華文壇之發展也極關心。近年來挽救菲華文學的青黃不接與斷層的

危機，竭盡心力，培育文藝幼苗，和多位熱心文友共同默默耕耘；「菲華華青文藝社」的創立，就是最具體的收穫……希望將來還能多多散播文藝種子，把各項文藝活動，帶進華社各校園，不只要培養華文文學的接班人，更要培養華文文學的基本讀者群成為龍的傳人……。

　　九華——「久」「華」—永「久」的中「華」，麗質天生，才貌雙全的九華，真是天之驕女，祝願她以源源不絕的作品，點亮讀者的心靈；在弘揚和薪傳永「久」的中「華」文化中，散發永久的光輝……。

愛與智慧交響的心聲

最近承蒙莊杰森學棣的雅意，將多年發表於華文報刊，要結集出版的文稿，請我讀後寫篇序言。他要出書，真是一件大喜事！我更以先睹為快，便欣然接受了這份「好差事」；雖不算言序，就當是閱後感好了。

杰森學棣向來熱心服務，貢獻社會國家，並致力經營，發展事業；尚悉心以文藝寫作表達關愛家庭，社會與國家的心聲，真是難能可貴。其實，他大部份的作品，我都幾乎有機會讀過，現在重閱，倍感溫馨親切。而他近年來的作品，文筆功力及精神內涵，都隨着豐富的人生閱歷，與時俱進，日臻精練，引人入勝，可讀性頗高。

這部「森情寫意」抒情散文集，是他同時面世的一套合集的下集；其上集「杰開詩幕」，為現代詩。此兩本合集書名之原意：「杰（揭）開詩（序）幕」及「森（深）情寫意」乃他擅用諧音「修辭」方式命名的上乘好例證，讀來讓人耳目一新。這是他善以修辭技巧行文的特色之一斑；尚有多種修辭方式的妙用，都紛呈於各篇的字裡行間，請讀者慢慢欣賞。

「森情寫意」抒情散文集之編排相當嚴謹，全書依次分為：「序文」，富有紀念性與歷史價值的「自傳」及圖片，追思作者慈父的「永懷父恩」，溫馨親子組成的「甜蜜時光」，敬仰人物

編組的「高山景行」，憂心華教成篇的「華文情緣」，寄情唐山組合的「華夏戀曲」及動力向前連成的「串串迴響」，凡八大輯。每輯情文並茂，各有千秋；且題材豐富，包羅萬象而多元化；有關：親情，愛情，師生情和友情；或涉及：教育，文學，藝術，宗教，醫學，經濟，金融，政治，歷史，民俗，節慶與旅遊等素材，他都順手拈來，別出心裁，以豐富的想像力，觀察力和聯想力，透過生花的妙筆，組成令人激賞的篇章。

本書的編排方式，最引人注目的特色，即每輯各文章，都冠上不少提綱挈領的典雅小副題；這對長文的重點提示，猶有畫龍點睛之妙趣，可說是相當妥善的安排。

談到寫作技巧，他也很有創意，而且特別擅用各種修辭方式行文，來滋潤其文筆之美，使人常有驚艷之遇……。茲舉多項例證，以供欣賞回味：在「自傳」裡兩句「平日以游泳作為保健的利器，以唱歌作為調劑身心的媒介」的對偶修辭，相當工整，能表達相關的意見，並加深讀者深刻的印象；又如：「中華文化源遠流長的偉大生命，滋養了歷代文藝的繁茂花果，也壯建了中華文化的根幹，充實了中華文化的生命」，這三句相當有對仗性的對偶修辭法，該是源於對偶的修辭技巧，別具一格。

至於設問修辭法，可見於「讓我歡喜讓我愛」中：「……因此令我深感好奇，大陸歌壇現今還缺少什麼音樂「元素」，以便及早追趕台灣日益成熟的創作水平？大陸歌手今後應朝著什麼方向努力，自我提昇改造？」的只問無答方式直接為讀者提供思考的空間；而在「讓百家姓氏還原歸真」的提問：「……我並不反對漢字簡化，只要有系統，有準則，並兼顧傳統文化的簡化，何

曾不是人類文明進步的一大標誌呢？」之自我肯定的設問，又是另一項修辭方式的運用技巧，耐人尋味。

他在行文時還引用名言，加強文中重點的內容和語氣，以深化對讀者的說服力。於「為兒童開拓心靈的天空」一文，他引用蔣故總統中正的話：「……文化是文藝的根幹，文藝是文化的花朵。」並認為基於千古不滅的至理名言，我們深切體認到文化與文藝，確實都具有永恆的生命；而在「媽媽的眼神」裡，他以「路不轉心轉」的勵志名言，來安慰慈母寬心──這都是另一種修辭技巧妙用的例證。

他以譬喻的修辭方式行文，手法也相當高明，如來自「音符跳躍徜徉的世界」中：「不可知的音樂神秘魅力，儼然猶如我家大小的心靈源泉」及「……歌迷賞心開懷，個個猶似中大獎的笑得合不攏嘴。」也都是運用明喻修辭法，以增強讀者深刻的印象。

我很欣賞他行文的另一特色，就是更改成語的字眼，來表達另一種有趣的文意，例如：「夫唱婦隨」改為「母唱女隨」；「愛不釋機」來自「愛不釋手」；又「共襄斯舉」本是「共襄盛舉」；而「並肩作戰」成為「並肩作畫」等，皆由於字眼的更換，使文句加添了新鮮感。

杰森學棣宅心仁厚，感情豐富，試讀：「九旬光寶婆」的孝敬祖母之祖孫三代情；及「永懷父恩」和「媽媽的眼神」裡孝順雙親的兩代情；還有」甜蜜時光」裡向愛妻表達的鶼鰈深情；以至「綻放二十五面金牌的光采」，「回應鼾聲的呼喚」，「翩翩少年自風華」與「歌聲飛揚，華語流暢」等篇對兒女的關愛

和呵護，則可見他筆下流露的親情是多麼的濃得化不開，令人欽羨。

於「高山景行」的敬仰人物篇中，他對弘揚我國尊師重道及見賢思齊的傳統美德和精神，不僅發揮得淋漓盡致，相信對社會人心也會深具積極的啟示和激厲。

他個性坦率，富正義感；常以赤子之心關懷現實，社會國家；對中華文化的薪傳及華文教育發展的積極建言，請看：「菲華文學與華文教育」及「華文－華裔競爭力的重要資產」，就可體會到他對華文所深深結下的情緣，和對華文教育願景的精闢策劃，教人佩服。

因限於篇幅，以上各點淺見，請恕未能詳細舉例引證。

他這部「森情寫意」抒情散文集的深入評賞，已有泉州資深名作家陳志澤在「序文」，及「串串廻響」中：林勵志，陳德規，蕉椰，林煥章與陳國華諸位資深教育家及文評家的鴻文，加以高度的評價和肯定，請恕筆者不另置贅言。

杰森學棣文思敏捷，內蘊豐富，又心靈手快，提筆一揮，便洋洋數千言；且情理交融，引人入勝；即使以電腦寫作，亦是倚馬可待；他又中英兼優，口才特佳，往往出口成章，而言之有物，很有說服力與親和力，人緣極好，是華社一位傑出的領導才俊。

他壯年即懷大志，一向好學敏求；近年來由於經商旅遊，行蹤遍及世界各洲，可謂行萬里路，讀萬卷書。在商餘更潛心從文的寫意生涯中，他已獲得了事業上卓越的成就。今年十月，母校菲律賓中正學院校友總會，於慶祝母校創立七十週年大慶的「正

友之夜」，頒贈他優秀校友「社會服務獎」，真是實至名歸，中正之光。這項殊榮，在他輝煌的生命史上，又增添了光榮的一頁，可喜可賀！

祝願他本着敬業樂業，精益求精，鍥而不捨的進取精神，在企業上大有成就之餘，為讀者奏出更多美妙響亮之愛與智慧交響的心聲。

二〇一〇年二月於菲京

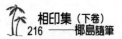

第十輯

評論惠秀作品

閱讀《月光組曲》後的心得報告

洪鵬飛

　　各位文友大家好，下面讓我來談談本人讀完了《月光組曲》這篇文章後的一點兒讀後感，有不對之處，請大家多多指教。

　　首先我很欣賞的，是作者在處理、安排整篇文章的結構佈局上表現得十分高明。她把文章分成「如夢的慢板」、「如歌的行板」、「如舞的快板」，這三個大部份。作者這樣安排，使得這篇文章的節奏上由慢到快；在氣氛上由如詩如夢，到如歌如訴，到令人心情激動，不禁想要翩然舞動起來，使得作者所要激發起的情緒，進入了高潮，很有藝術感染的效果。讀完了這篇文章，你會猶如看了一場大型的，高檔次的樂隊所演奏出的交響曲似的，你會心情興奮激昂，那種高亢的情緒久久不能平靜下來。簡單地說，就是它的藝術效果十分明顯，很能打動讀者的心。

　　在文章的開頭，作者就寫道：「多情美麗的明月，裝飾了天空又照亮了大地，讓長河似的月光，流過人類歷史浩瀚的海洋，融入秘奧的時空裡。」這段話就點出了月光對人類的影響力，和貢獻。看到了這一組充滿了詩情畫意的句子，會使人有一種如詩如夢的感覺，好像是在夢中見到一位「多情美麗」的「明月」姑娘，很熱情慷慨地把美好的月光撒落分享給大地上的人們。接著作者又舉出了許多偉大的作品是在月光的影響下所誕生的作

品，證明了月光的魅力：「月光像一道靈河，滋潤了藝術家的心田。」

在第二部分中，作者的想像力更是天馬行空，作者好像是長著一對翅膀似的到處飛翔，把目光任意移動，敞開心懷，流覽月光下的各處景色，傾聽由長江、黃河、基隆港、巴石河和馬尼拉海灣的波濤所演奏出的歌，這些歌有悲也有壯，人間充滿了悲和樂，但總之它是一個有情的世界。

在接著的一個環節，就是該文的第三個部分，也是最後的部分，作者採用了浪漫主義的筆法，她預視到將來，人類不止只是能在大地上看月亮，而且還能夠到月球上去建立真正的世外桃源。最後作者喊出：「但願四海同心，神州早日太平，好讓明月的清輝，普照滾滾的黃河和滔滔的長江，照著不盡的溪流，融彙成為主流，恢復從亙古直到永遠的波瀾壯觀。」這一句豪言壯語，也是作者和讀者們的共同心聲，大家的感情在這時產生了共鳴。讀了這篇作品後，你會意氣風發，豪情千丈，得到很大的鼓舞和教育。

作者把感情注入於月光中，然後她用那支生花妙筆把月光描寫得那麼有詩情畫意，有聲有色，有靜有動，多姿多彩，讓讀者猶如享受到一席文藝大餐，得到很大的營養和受益，它是一篇藝術水平很高的作品。

載於菲聯合日報《薪傳》二〇〇四年九月

賞文有感

張為舜

　　李惠秀的「月光組曲」分三組，古月如夢，行月如歌，近月如舞。情感慢燃起到波動雲遊，至浪澈海岸。風急雲湧之後又恢復平靜如恒。

　　在如夢的慢板中，作者讚美明月的美麗，與無私，它裝飾了天空，照亮了大地。洪荒年代是點上明燈，給先民於喜悅。

　　月光美化宇宙，掩飾了人間百態。明月使人婉約、飄逸、雄深、豪邁，使人陶醉、遐思。月光它是一道不竭的靈河，緩緩流入人的心扉，成為一席精神豐宴。

　　在如歌的行板中，作者心靈跳躍，以排句發出同在月光下不同景況：月光照在沙國油田射出萬道金輝；在月光照在干戈西貝魯特戰場上，迷失方向；在月光照在福島海洋上飛彈暴吼；在月光照在秦淮河畔笙歌已息，頤和園畫舫蒙塵；照在基隆港、日月潭、巴石河……忽古忽今，忽外忽中，忽動忽靜，忽遠忽近，如歌似舞。在如舞的快板中，作者從唐明皇遊月宮跨越歷史的大步到太空人登月球壯舉，從幻想中與嫦娥之會，與吳剛握手─回到現實龍的傳人，應奮發圖強，迎頭趕上……跳躍如飛如舞寄越時空。

　　作者在文中有多處富有詩意畫意，如月光河，澄清得如陳年佳釀，卻濃郁得醉人，豪飲滿觴月光，醉了李白，更醉了蘇軾，

寧靜深幽的日月潭和澄清湖，波光跳躍水面，月影倒映水裡……
所嚮往的一番怡人景致。作者在組織材料時，有些散亂感，可能
因為跳躍的跨度太大，使讀者一時轉不過來之感。如能多用對
比、對偶、排比手法會更好些。

載於菲律賓聯合日報《薪傳》二〇〇四年九月

詩化的追求

林鼎安

　　查理「靈魂不用腳走路」是獨幕劇本，枚稔「月光組曲」是篇散文，但兩位作者共同賦予的是，構築詩的意境。

　　「月光組曲」顯而易見更似一組抒情詩。寫月的詩人，可謂不計其數，也不乏有眾多的佳作，如再落舊臼也就沒什麼意義了，但作者卻能大膽地跨越時空，寫到「早在宇宙洪荒的年代，月亮就為穹蒼點上明燈」，直至當今的「醒」來時，已「月兒靜靜地照在波光粼粼的巴石河上。」

　　作者的巧妙就在於這個「醒」字。如果說是詩眼，詩眼就是「醒」。多少年代過去了，月光有過美麗有過憂傷，但都不如此刻的深沉，「巴石河已經漸漸地衰老了，都市文明的汙染，連浮萍也幾乎完全消失了蹤影，只有這多情的月光還默默地留戀著那曾經點綴過河面的浮蓮。」月光再美，作者耿耿於懷的還是嚴酷的現實。通過「醒」字，猛轉回月光下此時的菲島，又借月光寄託對昔日輝煌的懷念，人、月光、巴石河、土地，渾然一體，情景交融，詩化進入爐火純青的境地，令人擊節三歎！

　　以上所述兩個作品雖然體材不同、內容不同，但同樣寫的都是人生，都融入了作者的思想感情、藝術追求；同樣通過寫實與

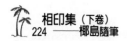
象徵的結合，現實性與寓言性的統一，強化主題，給人一種品茗
品詩的享受。

載於菲聯合日報《薪傳》（二〇〇四年九月）

賞評《月光組曲》

林金殿

　　實事求是地說，如果給我時間欣賞著名作家優秀的文藝作品，琢磨其中思想內容多麼豐富、藝術形式多麼高超、文字功底多麼深厚、表現手法多麼巧妙，從而分享作品中所描繪的各種喜、怒、哀、樂的動人世間情節，我是會有興趣的。但是，如果要讓我來評論名家作品的優劣，該褒該貶，我則力不從心，不堪勝任。

　　吳新細會長，分發給我兩篇文章，要我做這件事，本來我也愧不敢當要懇辭。他在上個月會誇獎了我一番，言過其實。雖然我曾寫過一丁點兒小文章，如同小孩子在呀呀學語階段，不成文章，只能算塗鴉。

　　但俗語有講：「尊敬不如從命」，所以才壯大膽子，應承而勉強接受下來，心想不妨試試。

　　現在，在大庭廣眾，高手如林面前，班門弄斧，作一知半解的點滴評論。如評析得不理想、不恰當，請大家指正、批判、我自當頷首聆教、虛心接納，並請作者原諒，如有大不敬處。

　　枚稔傑作月光組曲，分為三部分：一、如夢的慢板；二、如歌的行板；三、如舞的快板。可以概括又攏統地說，作者對月亮

和月光的描寫，充滿濃情雅趣，富有想像力，用其犀利的筆鋒把
月亮、月光表達夠淋漓盡致，技巧獨特，技壓四座。

在此引用一首流行曲：問枚稔愛月亮有多深？愛月光有幾
分？月亮代表枚稔的心，月光代表枚稔的情！枚稔嫻熟地用盡美
好亮麗的詞藻到了很高的境界，從她對月亮、月光的讚揚、哥
頌，滲出、延伸、焊入到不僅有自然界的海、陸、空，人類社會
的古今、未來，甚至連虛幻縹緲的神仙界都總攬進去了，歸結一
句話，從天、地、人，亙古至今到無限的未來。從她寫今月照古
人或古月照今人都洋溢著她對月亮、月光的無限深刻濃厚的愛
情。她對許多偉大的、傑出的名人精英、不分古今、國籍、種
族、地位，包括有中、外的音樂家、藝術家、文學家、詩人詞
家，除文人學士外，還有武將軍侯，如精忠報國的岳武穆，而上
至皇帝唐明皇李隆基，中華民國總統蔣介石中正，在其文章中都
有或多或少的闡述。

同時，枚稔對月光無私所能照及、愛其恩惠的地球各個角
落，下筆細心顧思得很周至。除大陸各地區的山川河谷，如長
江、黃河、福建省的馬祖、金門，還有祖國壯麗河山不可分割
的一部分—寶島臺灣及其這美麗綠島上的基隆港、日月潭、澄
清湖。此外，我們旅居菲律賓的巴石河、王城裏、山耶戈堡、
馬尼拉灣，連世界一些籠罩在戰爭陰霾、硝煙彌漫之下的地
方，如西貝魯特，阿根庭的福島。月亮一視同仁，把它的光輝
不吝惜地照遍。有時，她把月光擬人化，栩栩如生，成為有感
情、有思維的地球人。月光照耀不同地方，反映出來也有截然
不同的感情，如月光照耀在殘酷的戰場上，月光無奈歎息，也

不知何去何從。可見，月光三組曲寫作技能確實已臻於盡善盡美。作者才藝橫溢，用不太長的篇幅把自然界和人類社會的各種現象、人物和環境，包羅萬象的反映於作品中，這對大家有參考價值，可以借鑒和學習。

載於菲聯合日報《薪傳》（二〇〇四年九月）

珠聯璧合　相映成輝
——《相印集》風采先睹為快

莊杰森

喜結善緣

　　菲華文壇人才濟濟，高手如雲，不乏優秀作家，鴻篇巨制、妙筆生花的傑出者也大有人在。然而珠聯璧合、並駕齊驅，且又出類拔萃、赫赫有名的卻未多見。著名詩人、作家兼新聞工作者，師丈芥子與著名作家，恩師李惠秀是這樣難得的一對。

　　我認識他們兩位算是一種機緣。師丈芥子是我在《聯合日報》編輯部工作時結緣的，可能是他知道我是他太太的學生，就對我百般呵護。這對初出茅盧，剛步入社會的新人來說，是求之不得的天大恩惠。他溫文儒雅，有求必應，對於提攜後進有著一股活力及熱情。我初次參與文總的捍衛民主，擁抱自由活動也多得力於他的薰陶和鼓勵。兩方面迥然不同的工作「跑道」，我一路奔忙，何其有幸，每逢事務纏身，尤需再三摸索的時候，幸蒙他不厭其煩的投予關愛的目光，及伸出熱情的援手。

　　恩師李惠秀是我中正學院中四時的中文老師，也是我的文藝寫作啟蒙老師。她有別于其他的老師，除了認真教學之外，還

不時輔導我們課餘閱讀一些優秀的文藝作品或書籍，她以服務華
校三十多年的寶貴心血與豐富經驗，成功地實踐「以藝術欣賞滋
潤心靈，以文藝創作提升精神，以從事教育充實生活」的教學理
念。她常鼓勵學生要終身學習，培養愛好文藝旳興趣，且要多找
課外參考資料，多做課外作業來增加知識。當時一些不明就裏的
同學、曾對李老師的一番苦心多所忽略，疏於配合，事後證明我
們這群得天獨厚的學生，能夠盡情暢遊在浩瀚無垠的文藝海洋，
得益於她的細心灌溉，諄諄教誨。

芥子的旋律

　　他們的作品合集《相印集》即將付梓，讀者很快就能欣賞
到一部華章薈萃、珠聯璧合、各呈異彩、相映成輝的文學精品。
《相印集》分為上下集兩本：上集是師丈芥子的作品，分「情韻
悠遠」、「隨筆雜思」、「戲劇」、「小說」、「詩情畫意」、
「評論芥子的文章」、「懷念芥子」、「附錄」和「紀念圖輯」一
共九輯；下集是恩師李惠秀的作品，分「散文（抒情）」、「散
文（論說）」、「教育／見聞」、「語文／省思」、「文藝／文
化」、「音樂隨筆」、「慶節／紀念文章」、「人物簡介／懷
念」、「簡介文友文章」、「評論惠秀作品」、「附錄」、「紀
念圖輯」一共十二輯。本書收集多篇介紹作者和評述其作品的文
章，對於暸解和認識他們的創作經歷及作品的影響大有裨益。
　　師丈芥子（1919-1987），原名許榮均，福建廈門人，早年
就讀鼓浪嶼英華書院，因戰亂南渡菲律賓。菲島淪陷，他與柯叔

寶編印抗日義勇軍機關報《大漢魂》，儼然一位年輕的愛國先驅，勇敢的地下工作鬥士。光復後，與柯叔寶主編《大華日報》副刊「長城」，組建文學團體「默社」，編印了第一本菲華文藝作品選《鈎夢集》。青年才子，詩文見長，1951年當選為菲華文聯常務理事，文聯第一屆文藝講習會主任，為菲華文學的創立與發展建樹良多。

師丈芥子是一個多面手，作品有詩歌、散文、戲劇、小說和雜文。在整個創作中，愛是基調，也是主線。他愛親人，愛朋友，愛家鄉、愛社會、和愛國家。

師丈芥子的愛戀是熱烈執著的。他熱愛母親：「愛大海，因為大海是地球的母親；愛自己，因為自己有個母親。」對於心愛的情人更是一往情深。還說：「我把人間一切智慧的詩句呈獻給你浩瀚奧秘的心靈」（《獻》），「多少頁詩箋為你譜寫，多少失眠夜為你祝福」（《戀歌（九）》），「一曲高歌，聊寄萬縷相思」（《戀歌（一）》），「明月夜，有人願自掏出詩心」（《戀歌（八）》），「月有盈虛，水有潮汐；唯有我對於你永有一份信心」（《藍色的小夜曲》）。火熱的愛慕之情醞釀已久，從《獻》開始傾注，到《年青的神》徹底爆發，一直為情人那如黑夜裏星星般晶亮的眼睛癡迷，要以人間最智慧的詩句敲開對方浩瀚神秘的心扉。其愛之熱切、誠摯，宛如清泉涓流潺潺，蜿蜒纏綿；其愛之衝動、激蕩，猶如江河奔騰洶湧，一瀉千里。

師丈芥子還愛綠色，愛大海，愛音樂。他眷戀大海，因為澄藍的波濤象徵他青春的歲月，彩色的貝殼象徵他童年的夢境，潔

白的浪花撫慰他憂鬱的心靈（《詩人與海》）。他沈湎音樂，因為唯有音樂能使他奮然斬斷不絕如縷的愁絲憂緒，給他一份崇高的情感（《音樂之戀》）。他鍾情綠色，因為「綠色象徵生命，綠色蘊育青春，綠色是詩，綠色是畫，綠色是永生，綠色是無極。」（《綠色之戀》）

師丈芥子的「芒鞋破缽走不盡迢遞的旅程」（《友情草（六）》），「來時風沙，去時一身雨雪」（《無題（六）》），「可惱夜來一陣風雨蕭蕭，帶來了憂煩——油鹽米柴」（《無題（三）》），「漫漫長夜有人陪我受苦」（《無題（四）》），「尋夢，自己先迷失了來路」（《孤帆》）等等。皆為師丈憂思綿的旳最佳寫照。

師丈芥子的希望是殷切美好的。他抱誠守真，在兩個方面寄予了莫大的希望：希望姑娘「別辜負良辰美景，你掌舵，我把槳，讓生命的扁舟，今夜出海遠航」（《海上戀歌》）。「……其實，天下母親皆偉大，那一個為人子女者未曾沐浴過人類最崇高至情的母愛？那一個人未曾受過母親訓勉鼓勵向上的慈恩？祗因兒女有賢與不肖之別，影響到有些母親失去其應得的尊榮。」（《天下母親皆偉大》）。

熱愛音樂的師丈芥子，他的詩，洋溢著濃郁的音樂性；其中如：《獻》、《年輕的神》、《亞加舍樹下》、《黃昏之歌》、《孤帆》、及《坐看雲起》等首，為菲華名音樂作曲家及大師譜成旋律優美之獨唱和合唱曲；且多首經由菲華樂壇傑出歌手，以及華社大合唱團，應邀於華社重要團體，在節慶場合演唱，並頗受聽眾歡迎讚賞，蔚為菲華文藝界空前罕見的盛事。

　　除醉心文學，師丈芥子也是一位傑出的新聞工作者。五十年代担任大中華日報社論主筆，公理報及聯合日報撰寫「自由談」、「子不語」及「島中人語」專欄，是華社最受歡迎的專欄作家之一。

　　師丈為人正直，與世無爭，但妒惡如仇，每遇不平之事，師丈便會適時地以諷刺，或幽默，或影射的口吻筆觸，巧妙的反映在專欄介面，以精練老到的語言文字，激蜀揚善，潛移默化。師丈關心國事時事旳超然胸襟，由此印證：「唯有人人負起應負的公民責任，拿出熱情與市長衷心合作，美化岷尼拉市才有望計日實現。我們此時擬指出一項改革市政的最高原則，言之也許屬於『老生常談』，實際上它確係任何改革運動的先決條件，它就是：革新要先革心。」（《美化岷市人人有責》）。

　　師丈對於提攜文藝幼苗，也有顯著的業績。從五十年代，擔任文聯文藝講習會主任，及後來早期的菲華暑期文教研習會寫作班主任，栽培文藝青年無數，活躍於八十年代的中生代文藝作家群，絕大多數為文聯當年紮根孕育的成果。而八十年代初入文壇的柬木星，曾文明及筆者等等，也無不深受其直接、或間接的精神及物質鼓勵，為菲華文壇的發展及傳承，克盡心力。

　　「……這些文藝社的成員與領導者都是年事尚輕的寫作朋友，其中都不乏寫作年齡在十年上下者，作品也較成熟。但也有若干位從事寫作祇有幾年的作者，寫出了一手漂亮的散文。年青的朋友有相當成熟的作品問世，怎能不叫人由衷讚佩呢？我們應為菲華文藝運動的前途慶賀。」、「退一步說，如果我們真的如人家說的僑社是一片沙漠，這倒是值得大家警惕了，而唯一可以

自慰的，就是晚近愛好文藝的青年日多，青年作家輩出，沙漠已非全無水草，沙漠也有一片綠洲。」（《沙漠也有綠洲》）。

　　恩師李惠秀在《舊夢縈迴記芥子》一文中，也曾提及：「芥子常以菲華文壇未能積極培養接棒人為念，但近年來欣見不少新銳閃耀光芒，不少文藝團體也注入新血，增強活力，這使他對菲華文運的前途充滿了信心與希望。」

　　菲華已故傳統詩人，資深作家莊無我在悼念師丈的專文，以「浩氣歸千古，丹心昭太虛」為題，文中敘述「以今之定論，兄自抗日地下工作，游擊生活，及文聯，推動文運，至今一世為人，忠貞不二，默默苦幹。不炫耀居功，不為名計位，先生今已『全忠全節而歸』，不負社會，不負國家，不愧志士家風……」等為結語，儼然為菲華一代優秀的文藝工作者優秀的新聞工作者，及 優秀的社會工作者等三重身份，詮釋最佳的人生註腳。

惠秀的文思

　　恩師李惠秀原籍廣東臺山，筆名枚稔，1956年與師丈芥子成婚。她從事教育多年，勤勤懇懇，兢兢業業；一直滿腔熱忱、不遺餘力地致力於中華文化的傳播。曾任菲律賓中正學院中國語言研習中心主任兼講師，及菲律賓《環球日報》「文藝沙龍」副刊主編；現任菲華文藝協會、晨光文藝社、亞華作協菲分會理事、與菲律賓隴西李氏宗親會華文教師聯誼會創會會長等職。作品以散文為主，且多為論及教育、語文、文藝、文化、音樂等，涉及社會生活，環保等方面的篇章。

「芥，你走得太快！你沒有帶走末世的虛名和浮華，卻留下給孩子和我無盡的愛。」這是師丈芥子文藝創作的一個句號，也是恩師李惠秀對師丈芥子深厚的情懷。

她認為「宇宙萬物中，人類得天獨厚，擁有神秘奧妙的情感——愛，來維繫感情，使生命活得更有意義。」（《情感的珠璣》）「只要有愛，美好的世界就無所不在。」（《愛的世界》，「她愛文藝，因為『文藝可以充實我們的物質生活，也提高我們的精神修養。』（《文藝贅言》）她熱愛音樂，因為音樂常常牽引她『到一個飄逸空靈的精神世界漫遊』，點綴她的生活情趣，滋潤她的生命，充實她的人生」（《樂韻歌聲往日情》）。

她熱愛中華文化，全身心地投入菲律賓的華文教學，在她有關文化、教育、文藝等多篇文章中，我們發現她的最大希望是中華文化能夠得到傳承和弘揚。

她對土生土長的華人華裔學生，語重心長懇請「更要珍惜當前學習華文的機會和權利，多多吸收中華文化和道德的精華，愛護中華文化；從「愛」中去瞭解中華文化的博大精深，歷史悠久，貢獻偉大，而樂於做龍的傳人」。（《社會環保‧心靈環保》）。

恩師李惠秀時常在作品中探討生活與關懷社會方面的問題，如「身為婦女，如何配合社會群體的力量，發揮文藝的功能，來彰顯真善美，提高生活品質，這是目前亟待解決的家庭教育課題」（《清澈的源頭活水》）「大雨、洪水、颶風、地震……不斷侵襲到人們的居處，這是大自然反撲，向人們討回公道的例證」，「人類應覺醒要和大自然和平相處；宗教家和教育家們都

呼籲，人們要以『愛』與『尊重』，去關懷萬事萬物；共同營造和諧幸福的『地球村』」。（《愛的世界》），這些都是饒有趣味而又富有意義的啟示。

恩師李惠秀對人生有豁然開朗的體會，她感悟：「我是很平凡的人，在平實的人生中卻曾擁有過很多恩惠，讓我內心常常充滿感恩惜福，和自滿知足的愉悅。」、「音樂就如同一道曲折曼妙的河流，淨化我的心靈，滋潤我的生命，充實我的人生在平凡中知足常樂……」（《知足常樂》）。

恩師李惠秀對環保的重視，不僅止於人類生活環境的有形環保，對於潛藏人體無形的心靈環保，她直言「至於內心的環保，就要『淨化心靈』，也要人從自身做起，先要自愛；不使心靈受到污染」。

她分別引用證嚴上人，「口說好話，心想好意，身行好事」的開示；也響應星雲大師所提倡「做好事，說好話，存好心」的「三好」運動。（《社會環保·心靈環保》）。

珠聯璧合

兩位作家的作品有很多相同的特點；首先，想像力，聯想力，前瞻性，神思飛揚，跨越時間空間，遨遊無盡無極；再者，作品富有強烈的藝術感染力。無論是詩歌，還是散文，乃至雜文，讀起來都琅琅上口，鏗鏘有力，其原因是使用了大量的排比、對仗、對稱的手法，節奏鮮明，韻律優美。加上豐富的想象和優美的語言，讀完之後確實給人以餘味無窮的感受。

古人云，詩言志，詞言情。兩位作家用他們的詩文表現了堅強的意志和豐富的感情，而且思想境界又是那麼高尚。

「相印集」上、下卷真實地表達了一代海外華人的心聲，是菲華文學寶庫的一顆璀璨的明珠，它的出版將會產生深遠的影響。

第十一輯

附錄

李惠秀師獲獎

廓群新

新千禧年到來，大地春回，萬物欣欣向榮，喜悉李惠秀師獲宿務無名氏頒菲華模範華文教師獎，作為學生的我們，真感到高興異常。

五十年代初，她是我在愛國小學五年級的歷史課老師，當時她在課堂中那樸實無華、認真不苟的形象，深深地影響了無數同學，給大家留下了不能磨滅的良好記憶。

後來，她又轉到中正學院去當中學教員。從那時起，就比較疏於往來。

直到九四年，我再進入中正語言中心學習，師生之誼又再連接起來，到如今常保持聯繫，也比較熟絡。

李老師學識淵博，畢業英文教育系，能編、能寫，曾經任職《環球日報》副刊主編。文藝作品散見於菲華各報，作品被收入《新加坡亞細安華文文藝營叢書》、《泰國亞細安文藝叢書》以及無數集的《菲華文選》、《菲華文學》、《茉莉花串》等等，恕無法盡錄。

她也是文化使者，曾經邀請菲華著名的四聯樂府國樂組到美國大使館去演出，充當文化交流橋樑，傳為佳話。

李老師也是菲華婦運會選中的「模範母親」。數十年來，忠於工作崗位，腰椎骨跌傷，穿上鐵衣繼續執教。不久前，曾有病

住進醫院，出院後又馬上去上課。各種課外活動都勤於參加，菲華各種文藝團體的活動也常常出席，並擔任許多社團要職，精力驚人，筆者甘拜下風。

據說：這次評審比往年更嚴格，論文更難寫作。李老師都能勝任愉快，選為華文模範老師，真是實至名歸，絕非僥倖。

本來她應該早就獲選，這不僅是我個人之見，而是所有他的朋友、學生們之意見。

最後，讓我向李老師致以最熱烈的祝賀，恭喜，您終於得獎！

載於「寄意天涯」（二〇〇〇年十一月）

模範教師李惠秀女士

林瑛輝

　　欣悉李惠秀老師榮獲本年度宿務無名氏（引叔）模範華語教師獎，作為其學生與有榮焉！

　　憶當年在中正學院求學，李惠秀老師擔任班主任，授課華文。李老師教學認真，除課本外，更促使學生將課本內容相關事項輯成圖文，做成課外作業，在班上供同學之間傳閱參考，增進知識。李師教學態度誠懇，對學生和藹，不曾在班上發脾氣，向以慈容示人，深獲學生好感。李師以教育為終身職志，以奉獻為旨，誠心誠意為下一代鞠躬盡瘁。不似時下有人以教書為副。

　　印象中，華文第一課《菲律賓國歌》，此文乃敘述菲國國歌之淵源。李師為使學生可以「中菲對照」，力促同學們應用課文之中文歌詞配以原來曲譜。當時同學均反應熱烈，紛紛新猷送創，輪流在班上唱中文版的菲律賓國歌。如此之教學方法，使學生提高學習中文之興趣，增添語言能力，無懈可擊，值得一書。

　　李師在數年前不慎跌傷脊骨，背不能直，久久未愈，後吉人天相，現正逐步康復。在此期間，仍本著敬業樂業之精神，擔任母校語言中心主任，專司華語教學，學員涵蓋老中青人士，成績蜚然。

　　近來，本級同學重組級友會，為此曾多次召開同學聚會，邀
請李師參加，李師開懷備至，每次均履約出席聯誼活動，對其學
生「亦師亦友」，勖勉有加，令眾同學無限崇敬。

　　余參予之「函校同學會」在二月份舉行華校學生作文比賽，
余邀李師擔任評審委員，李師欣然答允，其關心華文教育之發
展，中華文化之薪傳，躬身力行，令人敬佩。

　　無名氏（引叔）模範教師獎之創辦人，慷慨解囊，獎勵優秀
教育工作者，其精神可嘉，功不可沒。而李師獲此殊榮，當亦是
賓至名歸。

　　　　原載世辦日報，世界廣場，（二〇〇〇年三月卅一日）

我愛中正

李惠秀詞／蔡珍娜曲

「我愛中正」此歌乃由李惠秀老師作詞，蔡珍娜老師編曲。

這支歌是1985年本院為籌備建校活動，假菲律賓國際會議中心（PICC）舉行「我愛中正」晚會的主題曲，由馳名馬尼拉交響樂隊（MSO）演奏，本院小學部合唱團合唱。

李老師當時為本院中學部老師，服務教育界二十餘年，常於百忙中抽出時間寫作，藉以宣揚中華文化，文學及音樂的造詣均很深。蔡老師負責本院小學部兒童合唱團多年的指揮，在她細心的指導下，已不知為僑界培育多少音樂人才，此曾於美菲音樂廳舉行演唱會，獲得僑界之佳評。希望同學們能藉「我愛中正」一歌來發揮中正兒女的愛校精神，宣揚中華文化，為中正散發萬丈光芒，使「中正」校譽遠揚，達成興國家邦，光耀僑社的任務。

原載於「中正學生」校刊

（2005年）

第十二輯

紀念圖輯

▲ 一九八〇年作者李惠秀偕夫婿許芥子應台北報業公會邀請，隨「東南亞華文報人
　訪問團」參觀「國父紀念館」，攝於國父墨寶前留念。

▼ 作者李惠秀與家人攝於菲律賓中正學院級友聯誼會慶祝一九八三年聖誕聯歡會：
　（自右至左）夫婿許芥子、作者長女許麗嫻、長子許祖衡、幼子許祖禎。

◀ 作者李惠秀偕夫婿許芥子攝於菲律賓中正學院
級友聯誼會之聖誕聯歡會會場。

▼ 作者李惠秀榮獲菲律賓宿務無名氏（引叔）施維鵬一九九九至二○○○學年度「模
範華語教師」，由評審委員黃佩瑄校長頒贈獎金；施淑好女士頒贈獎座之影。

▲ 作者李惠秀主持早期之中正學院中正語文講習班於結業典禮後留影；前排自左至右：助理留金枝、貴賓莊秀瑾、副院長王自然、院長施約安娜、永遠榮譽董事長鮑事天、作者李惠秀主任兼講師、董事陳長善、貴賓李安妮、學員黃秀容。

▲ 菲律賓隴西李氏宗親總會華文教師聯誼會主持之族生暑期班結業典禮：（第二排
自左至右）教師李如好，李鎔鎔、副會長李金英、指導員李羅啡、創會會長作者
李惠秀、總會副理事長李鴻圖、李貴竹、李賢榮、理事長李長城、常務顧問李鴻
基、李國俊、李鼎銘、貴賓李萬芳、教師謝冰慧、李雪玲。

後記

李惠秀

　　近年來喜見菲華多位文友的大作，都成功地結集問世，且皆獲好評與肯定，可嘉可賀。

　　筆者愛好文藝，雖生活平淡，唯一向是以藝術欣賞滋潤心靈，以文藝創作提升精神，並以從事教育充實生活。於教學之餘，對周遭瑣事，興之所至，隨手拈來，筆耕自娛，亦樂於與讀者分享粗淺之見聞；雖敝帚自珍，未嘗有意結集。唯多位關愛筆者之親友，熱誠鼓勵督促，和協助支持，現特將多年來發表於各報章雜誌及菲、台與歷屆「亞細安華文文藝營文集」的拙作，加以整理彙編成冊，與先夫芥子的部分詩文結集為上下兩卷之「相印集」，藉以為多年來，在菲華文學園地耕耘所留下的些許雪泥鴻爪，並資紀念。

　　「相印集」下卷「椰島隨筆」，惠蒙菲華文壇泰斗施穎洲老伯撰總序，名作家陳若莉摯友作序及青年名作家莊杰森學棣寫讀後感，使全書更為生色完整，深致誠摯的謝意，唯文中溢美之詞，筆者請恕不敢當。

　　散文集「椰島隨筆」，為筆者課餘瑣記，書中：「教育見聞」、「語文省思」、「文藝／文化」、「音樂隨筆」、「節慶紀念文章」及「人物簡介／懷念」等輯，都是抒情、記敘或論說之作；其中有筆者多年來從事菲華文教工作，對菲華文教事業之

光明願景，熱誠希冀的心聲；更是筆者寫作的漫長心路歷程。尚祈關愛筆者的親友和讀者不吝賜教。

全書之策劃及彙編成冊，多承蒙菲華青年名作家莊杰森學棣，以及菲華文壇文化使者夫妻檔—名作家王勇和林素玲文友的悉心協助，始能順利付梓面世，在此深致謝意。

亦很感謝我們「菲華文藝協會」為「相印集」的發行，作了妥善周到的安排；還有常務理事林忠民、楊美瓊和莊良有諸位好友的慷慨贊助，使先夫芥子與筆者在菲華文藝園地的耕耘，能有所收穫；在此，亦一併謹致謝忱。

近年來，熱心致力促進菲華文學交流的台灣名作家學者楊宗翰老師，他悉心主編由秀威資訊科技股份有限公司出版的「菲律賓‧華文風」書系，正如他所說的，要讓讀者能「在台灣閱讀菲華文學的過去與未來，也讓菲華作家看見台灣讀者的存在。」這的確是功德無量的好事，令人敬佩。

「菲華文藝協會」將於明年慶祝成立三十週年，特出版會員作品系列，當為紀念禮物；「相印集」能有機會列入此套紀念叢書，真是難得；而且意義至為深長。

語言文學類　PG0734　菲華文協叢書06

相印集（下卷）
——椰島隨筆

作　　者/李惠秀
責任編輯/林千惠
圖文排版/鄭佳雯
封面設計/陳佩蓉

發 行 人/宋政坤
法律顧問/毛國樑　律師
印製出版/秀威資訊科技股份有限公司
　　　　114台北市內湖區瑞光路76巷65號1樓
　　　　電話：+886-2-2796-3638　傳真：+886-2-2796-1377
　　　　http://www.showwe.com.tw
劃撥帳號/19563868　戶名：秀威資訊科技股份有限公司
　　　　讀者服務信箱：service@showwe.com.tw
展售門市/國家書店（松江門市）
　　　　104台北市中山區松江路209號1樓
　　　　電話：+886-2-2518-0207　傳真：+886-2-2518-0778
網路訂購/秀威網路書店：http://www.bodbooks.com.tw
　　　　國家網路書店：http://www.govbooks.com.tw
圖書經銷/紅螞蟻圖書有限公司
　　　　114台北市內湖區舊宗路二段121巷28、32號4樓
　　　　電話：+886-2-2795-3656　傳真：+886-2-2795-4100

2012年4月BOD一版
定價：300元
版權所有　翻印必究
本書如有缺頁、破損或裝訂錯誤，請寄回更換

國家圖書館出版品預行編目

相印集. 下卷, 椰島隨筆 / 李惠秀著. -- 一版. -- 臺北
市 : 秀威資訊科技, 2012.04
　　面 ； 公分. -- (菲華文協叢書 ; 6)
　BOD版
　ISBN 978-986-221-928-7(平裝)

855   101002441

讀者回函卡

感謝您購買本書，為提升服務品質，請填妥以下資料，將讀者回函卡直接寄回或傳真本公司，收到您的寶貴意見後，我們會收藏記錄及檢討，謝謝！如您需要了解本公司最新出版書目、購書優惠或企劃活動，歡迎您上網查詢或下載相關資料：http:// www.showwe.com.tw

您購買的書名：＿＿＿＿＿＿＿＿＿＿＿＿＿＿＿＿＿＿＿＿＿

出生日期：＿＿＿＿＿年＿＿＿＿＿月＿＿＿＿＿日

學歷：□高中 (含) 以下　　□大專　　□研究所 (含) 以上

職業：□製造業　□金融業　□資訊業　□軍警　□傳播業　□自由業
　　　□服務業　□公務員　□教職　　□學生　□家管　　□其它＿＿＿＿

購書地點：□網路書店　□實體書店　□書展　□郵購　□贈閱　□其他

您從何得知本書的消息？
　　□網路書店　□實體書店　□網路搜尋　□電子報　□書訊　□雜誌
　　□傳播媒體　□親友推薦　□網站推薦　□部落格　□其他＿＿＿＿＿＿

您對本書的評價：(請填代號　1.非常滿意　2.滿意　3.尚可　4.再改進)
　　封面設計＿＿＿　版面編排＿＿＿　內容＿＿＿　文／譯筆＿＿＿　價格＿＿＿

讀完書後您覺得：
　　□很有收穫　□有收穫　□收穫不多　□沒收穫

對我們的建議：＿＿＿＿＿＿＿＿＿＿＿＿＿＿＿＿＿＿＿＿＿

＿＿＿＿＿＿＿＿＿＿＿＿＿＿＿＿＿＿＿＿＿＿＿＿＿＿＿＿＿＿

＿＿＿＿＿＿＿＿＿＿＿＿＿＿＿＿＿＿＿＿＿＿＿＿＿＿＿＿＿＿

＿＿＿＿＿＿＿＿＿＿＿＿＿＿＿＿＿＿＿＿＿＿＿＿＿＿＿＿＿＿

11466
台北市內湖區瑞光路 76 巷 65 號 1 樓

秀威資訊科技股份有限公司　　　收
BOD 數位出版事業部

....

（請沿線對折寄回，謝謝！）

姓　　名：_____　年齡：_____　性別：□女　□男

郵遞區號：□□□□□

地　　址：_____

聯絡電話：(日) _____　(夜) _____

E-mail：_____